我不知道自己是不是在用生命写作，却特别理解那些为了写作抛弃一切的人，哪怕他们早早离开人世，但只要留下足够好的作品，已经足够了。
对于一个人，他们真正活过。

"出生卑微,从小经人教诲,尊敬权势,服从权力,感觉自己渺小,怎样把奴隶的血从自己身上一点一滴地挤出去。"

怎样把奴隶的血从自己身上一点一滴地挤出去,正努力在做。

70后实力派·杨遥作品系列

村 逝

杨遥 著

图书在版编目（CIP）数据

村逝 / 杨遥著. — 太原：北岳文艺出版社，2018.1
ISBN 978-7-5378-5370-5

Ⅰ.①村… Ⅱ.①杨… Ⅲ.①中篇小说-小说集-中国-当代
②短篇小说-小说集-中国-当代 Ⅳ.①I247.7

中国版本图书馆CIP数据核字（2017）第241768号

书名：村逝
著者：杨遥
策划：续小强　王朝军
责任编辑：王朝军
书籍设计：张永文
责任印制：巩璠

出版发行：山西出版传媒集团·北岳文艺出版社
地址：山西省太原市并州南路57号　邮编：030012
电话：0351-5628696（发行部）　0351-5628688（总编办）
传真：0351-5628680
网址：http://www.bywy.com　E-mail：bywycbs@163.com
经销商：新华书店
印刷装订：山西人民印刷有限责任公司

开本：787mm×1092mm　1/32
字数：143千字　印张：8.5
版次：2018年1月第1版　印次：2018年1月山西第1次印刷
书号：ISBN 978-7-5378-5370-5
定价：48.00元

本书版权为本社独家所有，未经本社同意不得转载、摘编或复制

自序——在乡村和城市的时光缝隙中奔走

杨 遥

《流年》和《村逝》是我近几年中短篇小说的两部选集,《流年》关于城市,《村逝》立足乡村,两部小说集没有多大关联,但它们有一个共同的母亲。假如你拿到《流年》,又恰对它感兴趣的话,不妨再找来《村逝》看看,反之亦然。

当编完这两本书时,我惊讶地发现,《流年》集中首篇《流年》是写年轻公务员从县城到城市的历程,尾篇《遍地太阳》却是中年下岗职工从城市到农村的步履,而《村逝》集中的《村逝》则是表达传统意义上的乡村已经一步步消失。这与我的生活奇怪地合拍。年轻的时候,羡慕城市里的生活，好多年都在努力进城；中年的时候终于到了城市，却时不时怀念乡村，每逢节假日急急忙忙订车票，返回老家探望父亲、兄弟，以及一大帮还在那块土地上生活的亲人和朋友，但乡村已经不是我生活过的乡村。

这么多年，身体和文字一直奔走在乡村与城市的时光缝隙之间。

大学毕业后那几年，我在滹沱河畔的村子里当老师。2002还是2003年，一冬天没有下雪，立春之后却下了一大场。雪从头天下午纷纷扬扬下起，晚上也没有停，第二天早上5点多起床去学校上早自习，发觉外面白茫茫的，比平时亮。推着自行车出了门，雪有半腿深，巷子里没有人影，也没有任何人和动物活动过的痕迹，只有白。我有些自怨自艾，想这么早谁会骑着自行车出门？忽然听到一对新婚农民夫妇的声音，妇人满足后发出锐利的叫声，在寂静的早晨格外响亮。它像寺庙里的暮鼓一样，我眼前许多的门关上了；然而也像晨钟一样，同时推开一扇窗户。我知道自己选择的路和别人不一样。

2008年到2011年，我在离家乡不到100公里的市里借调，为了好好表现，早日调过去，每个星期五赶最后一趟大巴回家。有几个星期五连续有事情，每次忙完急匆匆赶往汽车站时，最后一班车已经走了。这时妻子经常打电话过来，问我坐上车没有，我回答没车了，电话那头4岁的女儿就哇地哭了。每个星期一早上，5点多起床，要赶最早的大巴去市里上班。孩子从前一天晚上就紧紧搂住我的胳膊。到了早上，我轻轻拨开她暖呼呼的手臂，往汽车站赶。冬日的早晨，寒风呼啸，人们都还在梦乡中，路上只能见到清洁工在昏黄的路灯下扫马路。新年之前，妻子骗女儿我要早一天回来，女儿一整天等着，晚上我还没有回去，她又哭了。很晚我才回了家，女儿带着泪睡着了，手心里握着幼儿园给她发的一颗糖和几瓣橘子。第二年，有一位朋友也借调到市里，他有一辆车，拉上我两人结伴走。我们车轮一样旋转，每周至少熬一个通宵加班，却调不过去，周围一些因为有关系的人一个一个调了进来，两人都特别有情绪。有个星期一早上从家里出来之后，两人在路上边走边骂，车走了好久都没有到市里，看路标，原来光顾生气，到了高速路出口居然没有注意，超过去了。我们两人商量着，干脆别去上班了，直接开上车到省城去，找另一位朋友。但结果却是到了下一个高速路出口返回上班的路。这多像小说呀！然而里面的现实是生活，想象才是小说。后来我以这段经历为背景，写了许多篇小说，《流年》和《萨达姆被抓住了吗》就是其中两篇。

2011年9月，我终于调到了省城，家安顿住之后，路上跑得少了，每逢节假日回老家，基本选择坐绿皮火车。172公里的路程，需要坐4个多小时，途经每一个村落的小站都要停。在这列车上，车厢里一般人都很多，许多人经常连坐票也买不到，多见的是沿线村落里的农民、带着尼龙袋子进货的小商贩、行李放在油漆桶中的打工小伙子、眉毛做得又粗又直的乡下姑娘、穿着校服戴着眼镜的学生、拿着装病历袋子的老人……这些人大多讲着各自的方言俚语，生活经历也各自不同，坐在他们中间，我仿佛回到了从前。

2013年中秋节回老家后，回城时为了避免拥挤，我买好了提前一天走的火车票。没想到那天那么多人赶车。我在候车室遇到了一位儿时的伙伴，他拖着一个很大的行李箱，打算去我所在的城市赶庙会。这位朋友性子火暴，从小爱打架，还坐过几年牢。从牢里出来之后，就开始做套圈圈的生意。我不知道他硕大的行李箱里装的是毛绒玩具，还是石膏雕塑，或者是些烟酒之类的玩意儿。和他同行的是他老婆。我们有一句没一句闲聊着，我知道他没有买上坐票。快要检票的时候，又来了位我们村坐火车的人，这位朋友马上让他老婆回去，说来的这个人可以帮他把行李箱弄上火车。我们两个待的这段时间，他自始至终都没有说过一句要我帮忙的话,我还一直以为他老婆要和他一起走。我告诉他上了火车可以和我一起挤挤,我们一家三口买了三张票。朋友说,你坐你的去吧,我和你现在说不到一起。

在城市里,出行我一般步走或坐公交。坐公交有时免不了跑几步赶车,但是每当看到身体臃肿的中年男女奔跑着,追赶即将离站的公交车,心里就有些淡淡的悲伤,仿佛看见了自己的影子。一次读关于梁漱溟的文章,里面写到这么一段故事。伍庸伯走了20多里路赶火车,快到车站时火车已到站,本来跑步能够赶上,可是伍庸伯继续保持原来不疾不徐的速度,等他到了车站,火车开走了,他又步行20多里路返回去。读到这里,我顿时觉得公交车是可以不追赶的,但自己却没有那份定力,遇到车要走时,还是追赶。

最为遗憾的是,这么些年一直没有大块儿的创作时间,本职工作和写作无关,甚至还干扰得很厉害。也遇到过几位领导告诫我不要写小说了,好好干本职工作。写起小说来,偷偷摸摸,急急忙忙,既怕被周围的人发现,也唯恐被什么事情打断。这么些年,写的大多是短篇,即使这样,也是经常有了好的想法却没有时间实施,或者写了一半,状态正好时,却不得不去忙活什么事情。常常想起卡夫卡《猎人格拉胡斯》中的一段话:"我一直在运动着。每当我使出最大的劲来，眼看快爬到顶点，天国的大门已向我闪闪发光时，我又在我那破旧的船上苏醒过来，发现自己仍旧在世上某一条荒凉的河流上。"但是生活中有无数我这样的人，每天忙得死去活来，就像赫拉巴尔在《我为什么写作》中谈道："在波尔迪钢铁厂我明白了一个道理，只有理解别人，才能理解自己。跟我在一起干活儿的还有其他人，他们的命运比我更加艰难，然而他们却一声不吭。"无数次比较卡夫卡和乔伊斯，他们的性格截然不同，但都站到了文学的巅峰之上。我没有能力，也不是那种能使自己与世俗生活完全割裂开的性格，便唯有勤奋些。记得借调的时候经常加班写材料，有时半夜两点钟才睡，早上五点半闹钟响起来的时候困得要命，心里告诫自己，什么也没有还想偷懒，便赶紧爬起来，用凉水抹把脸，开始写小说。有段时间大概太累，早上起来枕头上经常有鼻血。每个周末回了家，也是伏在电脑上写东西，很少陪家里人。有一天女儿说："爸爸，我希望你回来后家里就停电。"我问为什么，女儿回答："那样你就不写东西了，能陪我玩。"我不知道自己是不是在用生命写作，却特别理解那些为了写作抛弃一切的人，哪怕他们早早离开人世，但只要留下足够好的作品，已经足够了。对于一个人，他们真正活过。

幸运的是，这么多年一步步走过来，理解支持我写作的老师和朋友越来越多，他们像光一样，摸不着，但无处不在。我在坚持写短篇小说的同时，写的中篇小说也多起来，不知不觉发表了130多篇。其中大多数作品创作时信心满满，写完之后得意扬扬，觉得自己完成了一部了不起的作品，可是过不了多长时间，就开始怀疑、惶恐起来，便想赶紧再写下一篇证明自己。在我怀疑自己的时候，这些可敬的老师和朋友们给予了我非常多的肯定，使我这块称不上璞玉的顽石从一堆石头里显示出来，变得越来越有了些亮光。

其中一位我非常信赖的朋友，他的眼光十分好，在好多公众场合给过我无私的褒奖。私下里聊天，谈到我小说存在的问题时，他觉得我的小说经常不朝一个方向努力，把力量削弱了，希望我能尝试去写些一竿子扎到底的小说。我对他的意见非常重视，常常想怎样写出这样一篇小说。2015年5月底，我读到了A·雅莫林斯基的《契诃夫评传》，他里面有段话这样评论契诃夫："最有特色的小说缺乏纯粹的叙事方面的兴趣，有的小说没头没尾，有的小说有一种静止的性质，故事进行得慢，跟舞步一样。那些小说不但不朝一个固定的结局活动，往往溜出正轨，或者故事还没到高潮就逐步退下来。不过它们还是能够用惊人的方法抓紧读者的想象力。正因为不要捏造，不布疑阵，不要聪明，原本松弛的地方并不故意拉紧，原本粗糙的地方也不故意削平，故事的进行适可而止的缘故，那些小说具有使读者身临其境的力量。"我大为兴奋，我的那些"缺点"契诃夫都有，他所达到的那种自然，是我一直努力追求的，而那时我差不多已经认为契诃夫是人类历史上最伟大的短篇小说大师。文章还有一段话也颇适合我："出身卑微，从小经人教诲，尊敬权势，服从权力，感觉自己渺小，怎样把奴隶的血从自己身上一点一滴地挤出去。"怎样把奴隶的血从自己身上一点一滴地挤出去，正努力在做。

生活还在继续，写作也在继续，引用契诃夫获得"普希金文学奖"之后给朋友的信里的一段话作为这段文字的结尾："我的文学活动还没有真正开始，不过是个学徒罢了，或者连学徒也不如，得从头做起、从头学习才行。要是今后花40年的工夫看书用功，那么学成之后或许会朝读者发出一个炮弹去，弄得天空也震动。"

是为序。

2017年9月14日

目录

匠　人　/ 1

养鹰的塌鼻子　/ 25

弟弟带刀出门　/ 45

山中客栈　/ 81

巨大童年　/ 109

村　逝　/ 187

写实仍然是通达真相的重要路径
　　——杨遥与他的《村逝》　胡传吉　/ 233

杨遥作品发表目录　/ 245

匠人

我们镇上有许多匠人,泥匠、裱匠、木匠、画匠、油漆匠、铁匠、纸火匠等等。王明是个木匠,他总是戴顶蓝帽子,一年四季不离头,帽子上面泛着闪亮的头油。他脾气很好,不爱主动说话,谁与他搭话,都喜欢用是是是或者对对对来回答。他这种好脾气人们很喜欢,他的手艺也比镇上其他木匠确实好些。

春天王明给我家割家具时,那几根榆木已经在屋檐下堆了好几年。父亲说,这些木头干透了。王明说,是是是。父亲问,割一张床、一排靠墙的书柜、一个大门,够吗?王明说,对对对。父亲问,老明,为何和你说啥也是是是是,对对对？王明笑了，他把帽檐往下拉了拉，两撇八字胡一颤一颤，像狡猾的兔子。

王明开始在我家做工了，他带来电锯、电刨子、墨斗、尺子等一堆东西，却只有一个人。父亲问，老明，你手艺这么好，为啥不带个徒弟呢？王明点点头，张开嘴，把一根木头搬起来，斜着眼瞅了瞅，开始放线。电锯轰鸣，他说什么根本听不清楚，刨花的清香在屋子里弥漫开来。

床要割成这样子。书柜……我把想象中的样子向王明描绘。王明不说话，在纸上认真画着。我的设想还没有说完，王明已经画出一架床和一排书柜的样子，上面清楚地标着各种部件的位置、尺寸和样子，比我想的周全漂亮多了。我说你设计得真好。王明往下拉了拉帽檐，笑了。

王明非常想要个男孩，可她老婆一连生了二个，都是女孩。第三个生下后，王明为了交超生罚款，花光积蓄还到处借钱。那几年，人们仿佛总是看见王明老婆在奶孩子。尤其是夏天，她坐在巷子口的石磨盘上，孩子一哭，就掀起衣襟，胸前明晃晃的。村里许多女人都这样做，但王明老婆的动作格外惹人注目。因为她长得漂亮。

但她性子慢，干什么都慢腾腾的，还不爱收拾家。人们说她家炕上、地上都堆着满满的东西，连个下脚处也没有。

王明来我们家干活儿来不及吃早饭，总是带着两个馒头和几块咸菜疙瘩。进了门，把那个大罐头瓶子灌满开水，开始吃馒头。母亲见他每天这样，叹息一声说，光漂亮顶啥用？

家里吃早饭时，母亲便在锅里留点菜和稀饭。王明一来，给他把那两个馒头热上。王明喝着稀饭，脸上冒出红晕来，说我们家的生活好。

王明在干活儿时基本不说话，中间休息、喝水，老拿根铅笔在纸上画来画去。有天我好奇，凑过去看了眼他画的东西，居然是鼓楼和木塔的样子。代州的鼓楼应县的塔，正定府的大菩萨。人们都这样说。可王明画它们干什么呢？我不由自主地问他。

王明说，有空我想去鼓楼和木塔上看看，它们到底是什么样子，要是能搞到它们的图纸，把它们缩小了，做成工艺品，定能卖个好价钱。

王明的话让我大为惊讶，他脑子里居然有这样宏伟的梦想。我说，确实是个好主意。但心里嘀咕，怎样能搞到它们的图纸呢？它们可都是国家级文物。王明不知道想没想过这个问题。他的铅笔在纸上用劲儿描着，鼓楼的柱子特别亮特别黑,铁做的一样。我给他杯子里续上水。王明说,不喝了,拉了下帽子,帽檐右侧经常手拉的那块地方磨破了,露出条条白色的纤维。他的眼睛亮晶晶的,闪着狂热的光,盯到家具上时,光淡了下去,眼珠有点发黄。

中午了,王明还在干活儿。父亲说,老明,收工吧,该吃饭喽。王明答应着并不停歇。床架已经做好,他在做里面的床箱。

我们家开饭了。父亲过去喊王明,老明,在我们家一起吃吧。王明说,不了,一会儿回家吃。他拿起一块木板。

我们吃完饭,王明还在忙着。母亲洗完锅,父亲开始睡午觉,王明离开我们家。他耷拉着肩膀,帽檐低垂着,街上只有他一个人,走一步影子往后缩一下,像被迎头打了一棒的蛇。

有天四点钟了,王明还没有来。母亲要去河里洗衣服,王明不来不能走。等啊等,以为王明不来了,快五点时,他出现了。他见了母亲,脸上带着难为情的笑容,匆匆拉开了电锯。

七点钟时,家里的人都回来了,王明也在收拾他的东西。父亲递给他根烟问,老明,还得几天?快了,王明点点头,明天我早点来,今天下午他妈的老婆睡过去了,孩子没人带。王明的回答让人吃惊。但以后有几次,他都是这么晚才来。

王明干的活儿真是没说的。床、书架渐渐成了形状,和城里卖的那些南方人做的款式几乎一样。床坐上去稳稳的,纹丝不动。书架不光结实,还实用,我量了一下,可以放几千本书。

大门也做好之后,王明的活儿全部干完了。这些崭新而结实的家具亮堂堂的,散发着木头的清香,望着很舒服。最后一天,我们犒劳王明。

给他倒上酒,他坚持不喝,说喝上头晕,误事情。他不喝酒,但吃起饭来非常快,而且似乎不爱吃肉,总是夹着菜吃。父亲问,老明,不吃肉?王明说,也吃。那怎么不见你夹?今天买的肉是三黄毛家自己养的猪的,放心吃吧,不是饲料肉。王明夹起一块,放到嘴里,闭上眼睛慢慢咀嚼着,那样子认真极了。我们都放下筷子,望着他。王明吃饭居然也没有摘帽子,乌黑的头油使这顶帽子像钢盔样闪着光。王明嚼完这块肉,睁开眼睛。好吃,比平时的肉好吃多了,说着,他又夹起一块。父亲笑了,他说,你要是再喝点酒就更好了,酒肉是亲兄弟,不分家。王明摇摇头。王明吃完第二块,再没有接着吃。父亲见他不主动,拿起筷子来给他碗里连菜带肉拨了半碗。奇怪的是,王明只拣碗里的菜吃,一会儿就只剩下肉了。父亲问,老明,怎么又不吃肉了?王明的脸骤然红了。他抖抖索索从口袋里掏出个装了饼干的塑料袋,把肉一块块夹进去。老大爱吃肉,他说。老明你怎么不早说?不嫌的话把这都拿上,父亲把盘里剩下的菜都倒进王明的塑料袋里。王明不住地说,是是是。

王明又去别人家干活儿了,他总是忙。偶尔我在路上碰到他,问,去看鼓楼了吗?木塔我压根儿就没问,那么远。王明的脸上总是泛着笑容回答,不忙了就去看,看不出有半丝遗憾或烦恼。

他老婆似乎喜欢把所有的活儿拿出来在巷子口干,在那么多人中间一眼就能瞧出她来。秋天的时候,她带着孩子们在巷子口装西红柿酱。大女儿拿着小刷子,仔细清洗着用过的输液瓶、罐头瓶,洗好的码在一边亮晶晶的。旁边盆子里是切好的西红柿。他老婆用勺子慢腾腾往里装,怀中的小孩不时用手拨一下,女人拍拍孩子,等她安静了接着装。二的过一会儿跑过来拍拍小的肩膀,拉拉她的手,或者在她脸蛋上亲一口。女人呵斥几声,并不真正生气。她脸上、脖子上溅上西红柿,也不擦,干了之后,脸上五抹六道,看起来有些妖娆。

父亲作为我们镇上最好的油漆裱刷匠,和王明一样活儿多得忙不过来。镇上供销社、工商所、税务所等单位的活儿都让他干,还有些外地人慕名来找他。一次,有人请父亲去二百里外的市里,给寺庙的罗汉像描金。父亲干完之后,带回一架剥玉米的机器。

我们村子里的地因为不好浇水,大部分人家种了玉米。到了中秋节,收割之后,每家院子里堆得都是金黄的玉米。放到冬天干透之后,人们也闲了下来,便开始剥玉米,纯粹用手。这是很烦人的活儿,种得多的人家得剥整整一冬天。记得上小学时,哪家人家的玉米多得剥不完,和学校的老师说一声,老师便带上学生去帮着剥。剥完之后,学校把玉米棒子带走,生火炉用。许多年过去,村里人还是种玉米,但学校不敢让学生出来剥玉米了,怕出安全问题。

父亲带回的这架机器,部件全是铁做的,有一个手摇的曲柄,用起来很省劲儿,剥起玉米来还快。

父亲带回机器没几天,王明来到我们家。

他抱着一块花格子的毛巾被,走得满头大汗。请他坐,他不坐。请他喝茶，也不喝。他绕着已经油漆好的床和书柜转悠了半天。父亲说，老明，手艺不错，晚上喝酒吧！王明嘿嘿笑着，赶忙摆手。见他老是不说话，父亲急了，问道，老明，有啥需要帮忙的？王明说，没啥，没啥，依旧端详着那些家具。父亲与母亲窃窃私语了半天，父亲抬起头来问道，你是不是手头紧？王明涨红了脸，拼命摇头，终于嘴里蹦出话来，能借借你家的剥玉米机器吗？父亲一听，拍着王明的肩膀说，为啥不早说？我还怀疑你手头紧，想借点钱呢。王明说，怕你家里用。父亲说，玉米还没下来，用不着。再说，即使下来，也能借给你。

父亲把机器抱出来。王明眼睛放光了，他用袖子把机器擦了擦，轻轻摸着它，然后摇了摇手柄。机器里没放玉米，齿轮转动发出均匀的嗡嗡声。好东西！王明说。他把手中的毛巾被展开，小心地把机器放上去，抱回家去了。

大约过了十几天，王明来还机器，手里还拿着几只香瓜。他把香瓜放下时，露出贴着几块白胶布的手，有几处擦破的地方还没有处理，红肿着。父亲问，带瓜干什么？王明说，不值钱的东西，地里种的，尝尝鲜。你手怎么擦成那样？父亲问。王明把手往背后藏了藏。父亲给他倒了水，王明坐在炕沿上，使劲拉着帽檐，头快勾到裤裆里了。母亲做好饭的时候,他赶忙站起来,缩到门旁,像下了狠心似的,脸唰地红了。他问,王师傅,你那架机器多少钱买的?一百二。父亲回答。你也想买一架?王明的脸更红了,他说,我也做了一个,你看卖一百一怎样?啊!父亲吃惊地问,好使不?绝对好使,我试过了。那你也卖一百二吧,要不再贵点儿,这机器在咱们这儿是个稀罕货,谁也需要。不不不,就一百一吧。王明仿佛怕父亲再劝说他,急匆匆走了。

过了段时间,镇上传开王明卖剥玉米机器的消息,试过的人都说不错,许多人去王明家买。王明没那么多货,人们就把钱留下,先定上。

王明不干木匠活儿了,在家里整天做机器。他老婆也不到巷子口坐了,大概在家里帮忙。

王明做的机器,几乎和父亲买来的一模一样,只是他在手柄上包了块软布,握起来更加舒服。想起王明以前在纸上画的鼓楼和木塔,他真是手巧,如果有图纸,他一定能制作出缩微版来。

冬天到来的时候,镇上许多人家买了王明做的剥玉米的机器。机器又省力气又好用,一个玉米用不了一分钟就剥完了。又有更多的人去买他的机器。王明更加忙碌。

很少见王明了。有一次，我想做个根雕的底座，去找王明帮忙。一进他家院子，感觉出奇的荒凉。冬天了，干枯的茄子、辣椒苗子还没拔，西红柿架子也在，随着风吹发出呜呜的响声。地上、台阶上有几堆粪便，冻得硬邦邦的。还有些菜叶子，被冻在污水结的冰里面。进了门，浑浊的空气扑面而来，明显有尿骚味儿和煤烟味儿。一只小狗跑到我身边汪汪叫着，不断绊我的腿。靠近柜子的地方，摆着喂狗的盘子，里面有半块馒头和几块肥肉。地上停着辆黑乎乎的自行车，旁边还有辆快散架的童车。鞋、毛衣、衬衫、打底裤、丝袜、小孩作业本、衣服架子、几盆干死的花、一只里面泡着豆腐的铁桶、五颜六色的方便面袋和几只白色的塑料袋乱七八糟堆在地上。柜子上落满灰尘，同样有几件衣服，还有一个上面满是灰尘的神龛，里面供着观音菩萨。

王明看见我，从屋角一架小车床旁走过来。如果不是知道他是木匠，我都怀疑自己走错了地方。车床旁边摆放的都是铁器，铁架子、铁筒子、铁轴承、铁螺丝……

王明用手拉了拉帽子，冲里屋喊，给王老师倒杯水。里面有女声哎了下，这是我第一次听到他漂亮老婆的声音，很悦耳。王明脸上到处是乱蓬蓬的胡子，记得他以前只是嘴唇上留两撇胡子。他帮我搬凳子时伸出手来，黑乎乎的手上满是伤口，有的已经好住结了痂，有的刚弄破，缠着胶布。他的嘴唇上也泛着干裂子。

我说不坐。我不知道该说啥，让王明帮做底座的话怎么也说不出口了。王明又吆喝了，水呢？快了，快了。他老婆的声音真好听。我有些窘迫，打量下屋里，忽然觉得不该是这样。王明注意到我的动作，脸上出现一丝尴尬，他说，孩子们小，忙得没时间收拾。我说，是是是，先把日子过好。我想买架机器，我忽然灵机一动说。王明皱皱眉头问，你家不是有吗？两架快些，我回答。对对对，王明说，你家要，不收钱，送你好了，不是你爸爸，我还做不出来。我连忙摆手，别，我家不着急，先给别人弄。我掏出一百元放到柜子上，马上告别。王明不要，我坚持放下。

出了王明家，路边有个卖柿子的。我把口袋里剩下的钱全掏出来，只有五块六，卖柿子的给了我三斤。我忽然想起王明老婆还没有把水倒出来。

那些有了机器的人家，冬闲下来后，早早就把玉米剥完了。正好赶上行情，卖得价钱不错。过春节时，他们院里没有了往年的拥挤，打扫得干干净净，年好像比以前更有了气氛。

我们镇上除了种玉米的多,还有种向日葵的。有些头脑精明的人把玉米、向日葵收下,卖往四川、山东、安徽等地,很是赚钱。还有些人跑到北边的大同、朔州、内蒙古收瓜子。可是他们买来的扇车不好用,慢,经常扇着就没劲儿了,有时干脆就自己停下来,而且扇得也不干净。他们发货时,因为这,价钱总是被打折扣。

有天一个叫孟三的货又被压价了,他找到王明问他能不能帮他弄个扇车。王明慢吞吞回答,能是能,但,他指着地上的一摊东西。孟三说,光做这个能挣几个钱?他数出五百元,放在柜子上说,这是定金,做好后付剩下的,半个月时间够不够?王明说,我试试。

半个月后,孟三开着汽车从王明家拉走一辆扇车。很多人跟着孟三去他收粮的地方看。插上电源,倒进几锹玉米去。扇车呼呼响着,把站在旁边的人吹得东倒西歪,几锹玉米眨眼间扇完了。王明捧起一把,递给孟三,玉米金黄灿烂,里面丝毫没有树叶、玉米壳子之类的杂物。孟三又打开开关,倒进更多的玉米。人们说笑着,看着扇车旋转。停下来之后,孟三蹲下去扒拉里面,半响,他站起来,冲王明竖起大拇指,唰唰点了一千元。一千元,人们惊呆了。那时我当老师,一个月还挣不到三百元。

于是，王明除了做剥玉米的机器，又开始做扇车。

后来，他鼓捣出的东西越来越多，密封西红柿酱瓶子用的"紧盖器"，电视接收信号的"锅盖"，能收到《美国之音》的半导体收音机，掏厕所粪便的"抽粪机"……只要有材料和工具，王明几乎没有做不来的东西。

王明生活明显地阔绰起来。他老婆出来买菜时，手里有了肉。后来，居然买了辆红色的小木兰摩托，她骑着它买菜，车筐里放着鱼、肉和各种水果、时鲜蔬菜。他最小的女儿站在前面的踏板上，眼睛亮晶晶的。

有天，王明突然来到我家，问父亲认识"白种人"吗？父亲说，认识，有什么事？王明说，他去我家，说我偷税漏税。父亲的脸马上红了。

白种人是税务所刘达的绰号，三四年前调到我们镇上。他皮肤特别白，不长胡子，皮肤上连汗毛也没有。他老往女人堆里混，收税时，喜欢拍拍这个女人的肩膀，在那个屁股上拧一把，谁附和着赔上笑，他就免了谁这个月的，或者少收一些；谁要是翻脸了，他马上脸拉得像驴，扣住眼睛要。对待男人则是另外一副嘴脸，丁是丁卯是卯，还总爱学别人说话，尤其是那些结巴的，或者从山里搬下来口音重把"老天爷"说成"老钱爷"之类的,人家说一句他学一句。

他的家在县城,每周回去一次,平时单身住在税务所的宿舍。

税务所的房子以往都让父亲油漆粉刷。白种人来了之后,还是找父亲,但干完所里的,得把他家里的也捎带弄一遍。前几天油漆粉刷完税务所的房子后,晚上他请父亲喝酒。两人喝高了,他吹牛,父亲也吹牛。父亲说,我有个朋友是个木匠,可厉害了,什么东西也会做。白种人问,他会做什么?父亲说,剥玉米的机器、扇车……父亲数了一长串。父亲说,镇上人用的都是他做的。

父亲知道是因为自己说漏了嘴,他喃喃自语道,这个白种人!王明说,我也没开店铺,你能不能和他说说,让他照顾一下。父亲点点头说,没问题,我明天就去找他。然后他安抚王明道,大不了请他喝顿酒,别太当回事。王明点点头说,是是是,你这样说我就放心了,改天请你喝酒。父亲忙摆摆手说,不用。王明告辞的时候,父亲把他送到门口。王明帽子耷拉着,走到门口停住,转过身来想说什么。父亲拍了拍他的肩膀。他没有再说话,消失在黑暗中。

父亲回到家里自言自语道,这个白种人!都怪我多嘴。他在地上转了几圈说,我现在就去找他。

大约过了半小时，门砰地开了，父亲还没进门就气愤地说，不是个东西，递不进人话。

父亲去了税务所，白种人正在看电视。父亲和他说起王明的事。白种人让父亲别多管闲事，他说偷税漏税是大事，当年刘晓庆因为这还坐了大牢。父亲说也没人知道，问能不能象征性地少缴点儿？白种人生气了，问父亲把他看成啥了，按规矩收税是为国聚财，再说王明涉案的金额不算少。他用了这些大词，激怒了父亲，也让他有些惊恐。

父亲在地上焦躁地转来转去，怎样和王明说呢？都怪我多嘴，我不该和白种人提王明的事，他不停地埋怨着自己。我说，这事说有就有，说无就无，关键看白种人，别人不会无事生非。父亲忽然牙疼起来，疼得捂住腮帮子在地上乱蹦。吃了两颗止疼片，还疼。母亲打了颗鸡蛋，把蛋清搅匀糊在他脸上。他躺在床上，头不能动了，气得身子还在颤抖。

从那天开始，白种人开始在我们镇上调查。他在肉铺前、五金店前、小卖部前、粮店前、收粮的地方……凡是他能收税的地方挨门问，你买王明的剥玉米机器了吗，多少钱？你买王明的扇车了吗，多少钱？你买王明的……人们见了他躲得远远的，可是他像跳蚤往人们身上蹦。

王明又来到我们家，脸变成黑的了，人不知道骤然瘦下多少斤，戴了多少年的帽子终于戴不住，摘下来挂在屁股上，露出发红的头顶。他嘴唇哆嗦着问，王师傅，到底该怎么办？万一出事……我孩子还小。父亲安慰他，不用怕，没事，大不了出点罚款。真是活见鬼了，以前谁专门找个人讨税？王明长叹口气，说是是，眼睛湿润了。要不你主动找找他？父亲说。拿多少呢？王明问。父亲沉思半天，摇摇头说，你看着办吧，杀鸡得用宰牛刀，这是个大牲口。

此后，打听王明卖机器的消息渐渐听不到了。我们以为王明打点之后，事情就这样过去了。

可是不久之后，白种人去了王明家。

正在捣铁皮的王明一见白种人，脸马上变成土色，赶紧给他递烟，指挥老婆倒水。可是家里没水，王明老婆赶紧接水，烧水。王明着急了，冲老婆发火，家里连水也没有？

没想到老婆还没还嘴，白种人说话了。不要冲女人发脾气嘛，他说着，帮王明老婆往灶火里传了把柴，仿佛不小心，蹭了王明老婆的脸一下。王明的嘴哆嗦着，没有再吭声，接着捣铁皮。

白种人喝了两杯水，还坐着不走。王明心里越来越慌，他没有注意铁皮已经很平很展了,还在继续捣着,一不小心锤子砸在中指上。往日很能忍的他捧着血淋淋的手指,出人意料地大喊起来,我的手!他还故意在白种人眼前晃了一下,然后撞开门说,我到诊所去。临出门时,他悄悄瞥了白种人一眼,希望他能说句同情安慰的话,或者跟着他出来。可是白种人地方也没挪,嘴也没动。王明最小的女儿吓得大哭起来。王明赶紧加快速度往诊所跑去。

把血糊糊的手指头包扎好之后,王明怕回去见白种人,在街上乱逛起来。他转了许多门市,什么也没买。电影院门口有人打台球,王明以前对这从来不感兴趣,现在却停下来,看了一局又一局。又在照相馆旁下棋的人们跟前停下,看了半天。人们很久没有看见王明这么闲,都问他。王明夸张地举起自己的手指头说,把手弄伤了!他在街上就这样一直闲荡着,尽管指头疼得要命,也不想回家。

王明转悠到孟三收粮的地方,天已经黑了,厂子里吊着大灯,孟三正在指挥工人扇粮食。王明走了进去。他问孟三,白种人收你的税吗?怎么不收,老流氓,可狠呢!你的事完了吗?孟三回答完之后问。王明的脸色马上变了,在黄色的灯光下有些瘆人。他说,今天到我家了。这个流氓!孟三说,以前他在城里的局里,还是个小头头,因为调戏客户，听说还对十几岁的小孩子动手动脚，被许多人告状，受了处分，才贬到咱们这儿的。王明顿时心慌起来，赶紧调头往家走。

进了院子，王明听见屋子里很安静，以为白种人走了，顿时轻松许多，马上忘了手上的疼，加快步伐，还有几件活儿没做呢。迈进屋子，最小的女儿正吃力地举起大锤子，下边蹲着他的二女儿。王明惊得马上扑过去，一把夺下孩子手中的铁锤，拍了她一巴掌。孩子哇地哭出声来，蹲着的二女儿吃惊地仰起头，她不知道刚才锤子可能落在她头上。王明老婆听见哭声从里屋跑出来。王明看见她脸涨得通红，平时松开的领口扣子系紧了，胸前鼓鼓的，像憋着许多气。

老婆抱住孩子哄的时候，白种人从里屋出来了，白色的脸像纸糊的一样没血色。他手里拿着几块糖，递给哭着的孩子，孩子手乱摆，不要。他递给旁边的二女儿，顺手刮了下她的鼻子说，真漂亮！王明像被蛇咬了一口，抱起二女儿往后退了几步。白种人挠挠手说，我也爱鼓捣些东西，一直找不下好师傅，以后拜你为师吧。王明赶紧拒绝。

白种人走了，孩子还在不停地哭，有些歇斯底里，女人怎样也哄不住。孩子尖锐的哭声像愤怒的人要把哨子吹破。

王明闻到空气中有种奇怪的味道,像有东西腐烂了。

王明和妻子商量,咱们把妞妞送到私立学校读书去吧?老婆感觉莫名其妙,说道,疯了?妞妞才十二岁。十二岁咋了?古代的人十二岁都结婚了。你有钱!挣下钱还不是为了孩子们!我不,妞妞要是被人欺负怎么办?白种人来了!

王明来找我,问认识不认识私立学校的老师,说想把妞妞送去读私立。那时只有家庭条件好又特别忙的人才送孩子上私立,王明的想法我觉得有些奇怪,但还是给几个在私立学校工作的同学打了电话,问明情况后告诉王明。王明说,看来私立管理严格,老师们也不错。我说,就是费钱,孩子还不在身边。王明说,是是是,重重地点了点头。

不知道妞妞为什么没有去私立,白种人却走到哪里都说王明是他师傅,而且到处给王明揽活儿。他甚至还来到我家里,对父亲说,你家弄个锅吧,能多收几个台。父亲冷着脸嗯了几下。白种人走后,母亲担心地说,他会不会给你使绊子?父亲呸一口说,尿他!顶多以后不揽税务所的活儿,也省得给他家白干。

白种人开始每天去王明家。

然而人们去王明家买东西,发现一向好脾气的王明变得很冷淡。有次,人们看见王明和白种人吵嘴。他不让白种人再给他招揽活儿了,白种人不答应,涎着脸解释。

有天,突然听说王明把手轧断了。我和父亲去探望。王明一只手缠着纱布,挎在脖子上,另一只手在拔院子里的草。看见我们,他脸上居然现出微笑,一点儿不像个刚轧断手的人。

父亲问,老明,你的手?王明有些轻松地说,搞掉个指头。他这种样子很稀罕,说的时候好像在说别人。这时他的老婆出来补充说,把一个手指头切掉了。王明脸上露出遗憾的表情,但坚定地说,以后不做那些乱七八糟的玩意儿了,还是咱的老本行好。不做这能行?她老婆皱起眉头问。咋不行呢?王明有些生气。他老婆好像有些理亏,没有回嘴。

白种人不在。

王明用一只手给我们沏茶,他家里居然有热水了!

王明养伤,闲了下来。认识王明这么多年,他似乎从来没有这样悠闲过。路过巷子口,经常看见他用那只好手端着大罐头瓶子装的茶水,开心地听着人们说什么。他的老婆坐在旁边,手中拿着一团毛线织来织去,好像心不在焉。孩子们在她身边乱跑。

入伏前几天的一个晚上,王明喝了酒,抱着架剥玉米机器来到我家,要送给父亲。父亲问,老明,你喝高了?没没没,王明回答。我有些诧异,王明以前总说是是是和对对对,而且他从来不喝酒。

父亲不要他的机器,说家里已经有两架了。王明坚持要送,说这是他留下的最后一架,以后孙子才再做这玩意儿。父亲继续推辞。王明慢吞吞地说,其实这次来,还想求你个事。父亲回答,直接说就行了,还拿这个!王明说,我再也不做这些东西了,人还是干自己的老本行好。父亲问,你的手好了?王明举起来晃了晃,左手剩下四个半指头。父亲叹口气说,不做也好。王明问,你知道谁家需要木匠吗?父亲说我想想,半天没吭声。我们这儿一入伏,许多活儿人们就不做了,因为天气潮,做的东西干不了,容易坏。王明看见父亲沉默,咽了口唾沫说,我也知道这时节人们不愿意做了,也是想碰碰运气,要不过了伏再说吧。父亲看了看我说,要不你帮我家做个博古架,那东西看着挺有意思。

王明走了。那天晚上,气温很高,不知道什么昆虫"紧紧紧"地一声接一声鸣叫。

第二天,王明带着他的电锯、墨斗、尺子等工具来了。我把收藏的根雕、奇石拿出来让王明看。王明嘴啧啧响着,尤其是对那些根雕，表现出很大的兴趣，他说没想到木头疙瘩能弄这么漂亮。我打开本根雕的书，让他看。王明边翻边点头，一本书，翻了半个多小时。合上书，他眼睛里闪耀着异样的光芒。他问，这些树根从哪儿来的？我说，有山上挖的枯树根，有河床里捡的，也有买下的。王明说，咱们这边山里有麻梨、黄荆、白桦、柏树等等，崖柏就是长在悬崖上的柏树吧？我想给他解释，崖柏有两种，通常指长在悬崖上的侧柏，另一种特指重庆大巴山上的那种濒危物种，但我没有说，而是点了点头。

收工后，王明告诉我他去看过鼓楼了，但没有搞到它的图纸，做了个东西，不精致，没法儿给人看。我安慰他。他说想借我的书看看。

做完博古架，入伏了，天气又潮又热，坐着不动，也汗出如浆。许多匠人们闲下来休息，王明却进山了。

晚上，人们热得屋子里待不住，围着路灯打扑克。王明回来了，背着个大树疙瘩。有人问，老明，你带的啥？麻梨疙瘩。王明回了屋子没有出来，过一会儿，他老婆也回去了。

从那天开始，王明就在自家大门洞里打磨这个木头疙瘩。

人们去他家里买东西,王明一律回答,不做了。

白种人来过一次,王明堵在门洞里不让他进去。白种人说,师傅,我给你揽下些好活儿。王明用刻刀仔细地剔木头缝里的树皮,头也不抬。白种人不走,打量着那块木头疙瘩问,师傅你要做啥?王明拉过磨石,磨起刻刀来。磨了半晌,把闪着寒光的刻刀举到脸前剔起指缝里的污垢来,剔到断了的那根手指时,他冷冷地问,这也收税?白种人打着哈哈说,师傅开玩笑。王明说,我要做根雕,你跟着我学吗?白种人打了半个哈哈,拍拍屁股走了。

整个伏天,王明都在门洞里打磨这块木头。他的老婆和女儿待在屋里不知道干什么,这么热的天。

有天王明来到我家,他的根雕做好了,让我过去看看。

它隐隐约约像只虎,有头、四肢和尾巴,尤其是那黄褐色的火焰纹,像极了皮毛,还有一团一团的疤瘤,使它增添了几分威武。

我说,真不错!王明搓搓手说,第一次做。

伏天过去之后,王明开始干老本行了。他收了个徒弟,是他老婆的侄儿。他的营生很快多起来,两个人做也很忙。

王明收工之后,喜欢到河滩、野地里瞎转,偶尔也去趟山上，收集各种各样的树根。渐渐地他家的根雕多起来，它们摆在落满灰尘的家具和乱七八糟的衣服、杂物中间，给人异常醒目的感觉。有次有个收古董的去了他家里，买走两件。剩下的王明经常擦抹，而且继续做着。他家的这些东西越来越多，他老婆偶尔嘀咕几句，埋怨这东西不能换饭吃，王明抬起头盯她，她便不说了。

王明家的生活渐渐回复到前几年的那种水平，他老婆出来买菜，不骑木兰了，说费油。他也再不提送妞妞去私立学校的事情了。我帮忙打听喜欢根雕的朋友，可实在是少。

有一天，忽然有人说白种人喝多酒，晚上掉进了村子东边的河里。我的第一反应是王明又可以做以前那些稀罕的玩意儿了。父亲也说，王明可以重新开始了。他把王明送我们的那架剥玉米机器找出来，给他送回去。王明送给我们后还没用过。

父亲从王明家回来，还抱着那架机器。他说，这头倔驴，根本不要，说再也不做以前那些东西了。我想起他家门口的那只麻梨疙瘩做的老虎，问父亲，他家大门洞里的那只老虎还在吗？父亲皱起眉头，想了想说，那个木头疙瘩啊，磨得真亮。

养鹰的塌鼻子

邻居们陆续搬出几家之后,院子一下空旷多了,有时大白天听不见一个人说话,驻足几面墙壁前,能看见上面的土簌簌往下掉,露出已经变得发白的骨头碴子一样的稻草梗。

塌鼻子住进柴奶奶家的耳房,过了几天,人们才注意到这个侉声侉气说话、个子不足一米五的男人。

几个月之后,几乎全镇的人都发现这个矮个子男人什么也不干,整天在镇上晃荡。

有几个家伙问我,你们院子里那个塌鼻子是干什么的?我说不知道。他们奇怪地望着我,仿佛我没有尽到自己的职责似的。在我们这个小镇上,几乎每一个人对另一家人都知根知底，可以往上数出三代他家里是干什么的。对于什么也不干，我们一无所知的塌鼻子，大家感觉不对劲，甚至有些小小的恐惧。

其实这样的问题，塌鼻子来我们院子里十几天之后，家里人就议论过了。妈妈问，你说柴婶家那个塌鼻子怎么什么也不干？这是妈妈在问爸爸，她和爸爸说话时从来不称呼对方的名字。正在吃饭的爸爸放下筷子说，他大概正在找事做吧！妈妈摇了摇头说，不像在找事，他是不是个贼，在踩盘子？我眼前出现浑身上下穿着黑衣服，蒙着脸的贼，猫着腰用刀子撬门。可是跟塌鼻子完全搭不上界，塌鼻子太不起眼了，不光矮，而且瘦。有一次我看见他光着膀子在院子里晾衣服，皱巴巴的皮肤贴在肋骨上，露出一条条细长的青筋，像我们经常玩的刚出窝的小麻雀的肚子。爸爸说，不可能吧？说着他夹起一筷子咸菜，咕嘟咕嘟喝了几大口稀饭。妈妈还在考虑。我忽然觉得妈妈说的也可能对，哪个团伙里踩盘子的、放风的不是最不起眼的人？我正想着，妈妈说，以后你少跟他打交道，哪有啥也不干的人，肯定有问题！我说我也没跟他打过交道。妈说就怕你以后跟上他惹事。

连续几个人问过我关于塌鼻子的事情后，有一天我在枣树下和小白龙、海军说起塌鼻子。没想到他们家里也议论过他。这时天色已经微黑,正对着枣树的塌鼻子屋里没有开灯,我们什么也看不见。

海军叼着一根牙签,在嘴里转来转去。他说这个家伙可能是贩毒的,这个行业最赚钱,每天卖几包就可以了,所以看见他啥也不干。

我和小白龙都觉得不像。我们镇上那些卖料面的人到哪儿都开着大摩托,一说话伸出手腕子露出明晃晃的表,像港片里的古惑仔。塌鼻子走路慢腾腾的,还捡菜帮子吃,谁有钱会去捡菜帮子吃?

海军眯着眼望着对面的窗口,说你们不懂,那些最牛的人总是伪装得最好。

小白龙不这样看。他说塌鼻子跑到我们这儿可能是躲债,他根本没钱,也不敢让人知道他在这儿,所以总是一个人独来独往。

但他没钱应该想办法去挣呀,为啥啥也不干?我问。

他不敢出去找活儿,怕人认出来。小白龙回答。

那他在街上瞎逛不怕人认出来?

我们三个互相抬起杠来。

院子里的灯次第亮起来,可塌鼻子的屋子仍然黑乎乎的。在那幽深的黑暗中,我觉得里面有双眼睛在窥视我们，我一下觉得我们说的话塌鼻子都听到了，心里有种发凉的感觉。

海军把牙签往地上一吐，说，我跟上他几天，看他每天到底干什么。

第二天我去上学的时候，看见塌鼻子也要出去。他走在我前面，走路发出的声音很小，像一只猫。一出大门，太阳照在他头顶上，他脑袋中间没头发的那块又红又透明，我想里面装的是什么呢？

街上的铺子正在摘门板，塌鼻子进了一家杂货店，买了一包火柴，出来后看见我，笑着打了个招呼。我有些紧张，想他是不是发现我跟踪了？塌鼻子点了一根烟，继续往前走。我松口气，跟在他后面。走到南巷子口的时候，他一下拐进去了。我犹豫着，一转脸，看见海军咬着牙签神秘地朝我打招呼，跟着他也拐进去了。我放心地去学校了。

一整天，我都在想海军跟着塌鼻子发现了什么。

晚上我扒完饭，跑到海军家。海军妈说他还没有回来。我有些失望。

出了海军家，看见塌鼻子屋子里的灯亮了。我蹑手蹑脚溜到塌鼻子窗前，朝里瞥了一眼。塌鼻子正躺在炕上吸烟。我怕他发现，不敢多看，快步走过去。这时我看见柴奶奶站在她屋子门口,猫头鹰一样恶狠狠地盯着我。我不知道哪个地方惹她生气了,小心地绕过她,往家里走。身后忽然传来一句话,小娃娃人家,别多管闲事。我在心里回击她,老杂毛,还不死。嘴上却不吭声,加快步子。

过了一会儿,我又到海军家去,盼望海军发现了什么。海军妈正在洗脚,看见我进来,她边用袜子擦脚边说,海军还没有回来,你找他有事?

我有些发窘,回答,没事。

快十点的时候,我又来到海军家门前,吹了几声口哨。等了两三分钟,里面没有反应。回家路过塌鼻子屋子的时候,我迅速扫了一眼,屋子里黑乎乎的,他大概已经睡下了。

躺炕上后,我在想海军到底咋回事,这么晚还没有回家。我想他是不是在跟踪塌鼻子的时候出了什么意外。胡思乱想好久,我觉得一种危机潜伏在我们院子里,后来几个穿着戏服的人踏着瓦面进入我的梦中。

第二天我去上学的时候,感觉院子里格外安静,这种安静像大事爆发前的安静,也像出了大事之后的安静。我不安地朝四周望了一眼,海军家的门打开了,他妈扛着一把锄头要去地里;塌鼻子提着裤子从厕所里出来,边走边打呵欠;

小白龙拎着书包撞开门，大声吆喝我。我松口气，还是觉得总有事情要发生。

小白龙，你觉得院子里有啥不对劲吗？

没啊，小白龙边回答边凑到我耳朵边问，你发现海军的爸爸好久没有回家了吗？

小白龙说话的时候，嘴里散发出一股浓重的蔗糖的气息，让我感觉甜腻。我甩脱他架在我肩膀上的胳膊，回答说，海军爸不是走大圈圙去了？

老大，他是从大圈圙回来的。小白龙纠正我的话。

我一下想起昨天去海军家那么晚了，他爸爸还不在，确实有些奇怪。

农历七月十五那天正好是星期天。我和爸爸去上坟，在墓地里遇到了海军。他爸爸还没有回来，他一个人刚给他爷爷上完坟，嘴里叼着半截烟。我望了望爸爸，他对海军抽烟没有半点反应。我羡慕海军不用上学，家里也不管他。我对爸爸说要和海军一起回去，爸爸同意了。

我问海军，你那天跟踪塌鼻子怎样了？

海军吸口烟，咳嗽一声说，太没意思！跟了他一上午，他啥也没干，就是乱转。从镇上一直转到南关，走得我都腿疼。他闲得蛋疼，看见啥也想问。光在东河边的杂货铺里就待了半响,拿起一件件东西问价格,我看得都烦。

他是不是也想开个杂货铺?

他还进了棺材铺打听棺材的价格呢。海军白我一眼。

他什么也不买,却什么都问,没想到世界上还有这种人。海军吐了一个烟圈。

后来呢?

后来他在照相馆码头那儿看下棋,一直看了二十多局,没人让他接手,他就一直看,看到中午的时候我饿了,他还在看。

下午呢?

下午我出去的时候他还在看下棋,大概中午饭也没有吃,还指手画脚给人家支招。我一听他的腔调就烦,下棋的人们也讨厌他,有几个人呵斥让他悄悄的。可他过一会儿就忍不住说几句,真贱!

从那之后,我有心留意了一段时间。果然几次在照相馆码头那儿看见塌鼻子在看下棋,有几次激动地和人们争论着什么,和他平时安安静静那种样子大不一样。涨红着脸,站起来又蹲下,嘴角都是白色的唾沫星子。只有一次,我看见他在下棋,很专注的样子。我好奇地走过去,站在他旁边悄悄地看。看见他只剩下一个过河的卒子、一个车和老将,而对方还有半副将士相、两个兵和一马一炮。对方将军之后，吃了他垫进去的车，追着他的卒子和老将一直跑。我心里连骂臭棋。转过身来的时候，看见他那个位置已换了人，正在数落他。原来人家去上厕所，让他替几把，他几下给人家输得落花流水。

塌鼻子和院子里的人们慢慢熟悉之后，见了每个人都张大嘴微笑着露出黑乎乎的牙齿，主动上前去打招呼。可是人们几乎都对他不怎么感冒，只是简单和他寒暄一句，或轻轻点一下头。我有时看见他张大嘴笑着被别人冷落，觉得难受。知道是因为他这么长时间了，啥正经活儿也不干，让别人瞧不起，便给他设计生活。他可以租点地，当农民；可以去工地上搬砖头，垒石头，扛麻袋，出卖力气；可以跟着别人学学修自行车，修手表，缝衣服，理发，做个手艺人；他为什么啥也不干呢？

转眼间，快到八月十五了，院里的每户人家都暂时搁下手中别的活儿，忙着收割庄稼。海军爸爸也回来了，满脸胡子，一回家就躺倒睡觉，足足睡了二十多个小时。

我们家掰玉茭的时候，塌鼻子来了。我们都有些惊讶。塌鼻子说要帮我们忙。我想起妈妈说过少和他打交道，担心她拒绝塌鼻子。没想到妈妈拿起爸爸的一件旧衣服，递给塌鼻子，示意他穿上。塌鼻子扭捏了一下，说就穿他的衣服吧，最后在妈妈的坚持下，他穿上了爸爸的衣服。塌鼻子仿佛整个人都塌了下去，更加瘦小了。

到了地里，他和我们每人两垄一起掰。开始还能跟在我后面，后来越落越远，等爸爸掰完两垄转回去时，他才走出地头没多远。我掰完两垄转过来，往前掰了一会儿时，追上了塌鼻子。爸爸的那件衣服包住了他的屁股，塌鼻子一探身子掰玉茭，衣服就往起掀一下，肥大的领口遮住他半个脸，像一件衣服想把自己挂在高高的玉茭上。我追上他时，他正挥舞着袖子擦汗，脸上手臂上被玉茭叶子擦出一道道红印子。我说累了你歇歇吧。塌鼻子说，没有干过这种活儿，不习惯。我心里想连掰玉茭都不会，到底会干啥呀？但还是很感激他。

塌鼻子帮我们家掰完玉茭之后，又去帮柴奶奶家，帮海军家……那几天，塌鼻子每天去帮院子里人干活儿，很是辛苦。结果大家发现他一样农活儿也不会干。

八月十五那天晚上，人们把月饼、花糕和各种水果放在一个大盘子里，供奉月亮爷。塌鼻子也在柴奶奶耳房前摆了一个小板凳，在一个盘子里放了两个月饼、一个梨、一个苹果。妈妈说，供奉月亮爷哪能没有花糕呢？她把我们家蒸的枣花糕给塌鼻子拿去一个。塌鼻子不住地鞠躬，感谢我妈妈。

第二天，院子里的人们拿上月饼、花糕、瓜果等东西互相走动，每一户人家都给塌鼻子准备了一份礼物。塌鼻子收到人们的礼物后，非常感谢，但他没有像别人那样，把自己的东西包一份，送给给他东西的人，这不大合乎礼节，人们有些意外。

塌鼻子感觉到了院子里人们对他的善意，人一下变得勤快起来。不管人们在干什么，他看到都要上去帮忙。邻居们看见塌鼻子愿意干活儿了，都乐意给他一个机会。修表，修自行车，油漆家具……只要塌鼻子愿意干，就让他上手。可是塌鼻子笨得要死，明明告给他怎样做了，他就是学不会。修表他把零件掉到地上，害得近视的"三叔"趴在地上和他一起找。修自行车用锤子砸了自己的脚。油漆家具他怎样也刷不匀漆。我爸带他去裱家，辛苦了一整天，晚上收工的时候，他糊的那间顶棚的麻纸忽然整块掉了下来……他一帮忙，人们就越忙。碰上手里赶活儿的时候，谁都怕塌鼻子在场，他一在场，大家手忙脚乱忙上半天，还是赶不出活儿。

尝试了许多活儿之后，人们对塌鼻子越来越失望，对他开始冷言冷语讽刺起来。塌鼻子自己也对自己失望，他又开始像以前一样整天在街上游荡。

这时天气冷了,街上不比以往那样热闹。买东西的人一少,开铺子的人们便把门关住,坐在里面捂着炉子等顾客上门。塌鼻子几乎不买东西,自然不受老板们欢迎。他进了铺子,老板们爱理不理任他在地上转几个圈。他走的时候,人家连句客套话也不说。只有中午比较暖和时,照相馆码头那儿才开始有人下棋,塌鼻子也才有个去处。

他经常捂着冻得发青的脸,在院子里遇见人说,真冷!

冷!人们回应一声。

塌鼻子来了镇上几个月了,没有见过一个亲人来探望他。

十一月初,我过生日的时候,妈妈炸了一些油糕,让给塌鼻子送去几个。一进柴奶奶的耳房,我打了个冷战,里面怎么没有生炉子呢?耳房里一条炕,一口锅,一个柜子;炕上有一卷铺盖,塌鼻子穿着衣服围着被子发呆。

我妈让给你送几个糕,放哪儿呢?我冷得磕着牙巴问。

塌鼻子从炕上跳下来,擦了一下鼻尖上的清鼻涕,随手抹在炕沿上,从柜子里拿出一个空碗。我刚把油糕放碗里,他就迫不及待地夹起一个,咬了一大口,糖汁顺着他的下巴流下来。他说,告诉你妈,好吃。

我从他家出来走到太阳湾里，才感觉身上有了丝热气。回家对妈妈讲了塌鼻子的事，妈妈说，一个可怜人，不知道多少天没吃顿好饭了！她又夹了些菜，让我送过去。我到了塌鼻子家时，看见放糕的那个碗已经空了，塌鼻子正用舌头舔碗里留下的糖汁和油，他看见我，不好意思地笑笑，说，洗了太可惜。

我想塌鼻子的家到底在哪里，他以前是干什么的？

下午回家时，我忽然在大门道里看到几块血迹。冰冷的血粘在青石上黑糊糊的，像一摊酱油。我有些惊恐，赶紧跑回家。妈妈说，塌鼻子被阎三打了！

我们镇上的人见多了阎三打人，尤其是打外地人。

我眼前出现着烫着卷发的阎三，眼镜蛇似的冷冰冰地盯着塌鼻子，一拳把他鼻子露在外面的部分打得凹回去，塌鼻子的脸上出现一个洞，血呼呼往外冒。

为啥阎三打塌鼻子呢？我问。

还不是因为人家下棋他在旁边乱说。

我往照相馆的码头前跑，一路上不时看到一滴一滴发黑的血迹，被乱七八糟的脚印踩得肮脏不堪。到了码头前，风呼呼刮着，一群看热闹的人不嫌冷，散乱地站在一起，正在议论刚才的事情。码头前的台阶上有一大摊血，比我在大门那儿看见的多许多，大概因为多，还没有完全凝固，上面有几个发红的气泡在慢慢地破裂。一只黑色的鸟站在对面屋顶的瓦面上，脑袋往前倾，盯着这摊鲜红的血。

我忽然十分生气，拾起一块石头，用劲朝那只鸟扔去。鸟偏了偏头，冷峻地朝我看了一眼，不慌不忙扇着翅膀飞到远一点的地方。我又拾起一块石头，它飞走了。

这时一块乌云过来，顿时让人感觉阴冷无比。我缩着脖子，离开那群人缓缓往回走。来时路上的那些血迹在渐渐暗下来的天色中变得朦朦胧胧，与灰尘、狗屎和痰混在一起毫不起眼。我想第二天或者最多过上三天，大概就看不到了。

到了大门口，里面更加幽暗，简直什么也看不清。我小心翼翼绕过那块有血迹的地方，回到家里，倒了一大杯开水，咕咚咕咚喝起来，我感觉一点儿也不烫。喝完一杯水，我又倒了一杯，想了想，加了点白糖，端到柴奶奶的耳房里。屋子里没有开灯，我差点一脚踩在地上的洗脸盆里。塌鼻子躺在炕上，嘴里发出微微的呻吟声。借着窗口的微光，我看见他的鼻子还长着，没有变成一个洞。他额角上有一块没有擦干净的血斑。

后来，我从几个人口中听说了事情的经过。就是因为那天阎三下棋，塌鼻子也许不认识他，还像以前那样在旁边指手画脚,阎三输了几局之后,猛不防一个巴掌扇过去,说还没有见过你这样嘴碎的男人。

塌鼻子一下惊呆了。

旁边看着的人也愣住了。

这时,人群里有人阴阴地说了一句,这个家伙啥也不干,就是欠揍。

他的话刚说完,阎三又一巴掌上去。

马上很多人纷纷表示对塌鼻子的不满,大家都觉得他啥也不干住在镇上不正常。阎三知道自己以前打人,人们虽然嘴上不敢说啥,可心里怕他,恨他,背后骂他,没想到这次打这个家伙会得到这么多人的支持。他越打越有劲。

塌鼻子没想到自己啥坏事也没干,居然惹恼了这么多的人。他想跑,有人故意堵在前面推他一把,或者脚下给他使个绊子。

人们把自己在劳动中集聚的怨气都发泄在了塌鼻子身上。

直到柴奶奶路过这儿,看到塌鼻子被打,才拽住阎三。人们望着这个泼辣的街坊,知道塌鼻子是她留的房客,有一些人悄悄溜了。

几天之后,我在院子里碰到塌鼻子,他没有像以往那样一见我就笑，而是用空洞的眼神望了我一下，低头朝街上走去。他脸上落寞的表情，像枣树顶上那几片干枯的树叶，我一辈子都忘不了。我忘记自己要去干什么，跟在他后面。塌鼻子的身体像一具没有灵魂的东西，轻飘飘地朝镇子东边走去。路过照相馆码头的时候，没有一个人，风把码头朝街的那面墙吹得发黑。塌鼻子肩膀稍微抖了抖，身子朝对面移了几步，完全走在对面房子投下的冰冷的阴影里。

快到河滩那儿时，零星的几幢建筑挡不住风，树、枯草、电线、垃圾堆一起发出凄厉的声音，云把天空压得非常低，整个世界仿佛只剩下塌鼻子一个人。他转身往北面的奶奶庙走去。穿过一堆烂石头和砖砾，来到只剩下一个房架子的大殿前，猛地跪了下去。云仿佛就垂在塌鼻子头顶。塌鼻子从怀中掏出三炷香，窝着身子点了几次，好不容易才点着。他举着香对着空荡荡的大殿拜了三次，然后把香插在砖头缝里。几只乌鸦从大殿里飞出来，凄厉地叫着，被风卷着飞向远处。

塌鼻子跪在风里，像一座泥塑，等那三炷香烧完，他才站起来，用袖子擦了擦眼角，往回走。

快到大门口的时候，里面传来几声叫骂声。塌鼻子继续往院里走。海军爸爸拿着一根锹把正在揍海军。他边打海军边骂,你这个二流子,这么小就游手好闲,难道你想像那个塌鼻子一样,快死的人了还啥也不会,到处被人瞧不起?塌鼻子的脸一下变得刷白,慌乱朝屋里走,差点摔个跟头。

那天晚上我们刚吃完饭,忽然听到外面有敲门声。谁?爸爸妈妈同时问。

门轻轻被推开了,塌鼻子站在门口不进来,手里提着一个塑料袋。

进来吧,妈妈嚷。她还不知道塌鼻子叫什么名字,有些尴尬。

塌鼻子走到炕边,把袋子放到炕上,里面是三个橘子。

妈妈拍拍炕说,刚烧的,坐上来吧。

塌鼻子猛地一下跪到地上,冲我爸爸磕了一个头,大声说,杨师傅,你让我做你的徒弟吧?

我想起塌鼻子白天跪在奶奶庙,冲那没有"神"的大殿里拜的样子。

爸爸赶忙跳到地上,把塌鼻子扶到炕上。

塌鼻子说,杨师傅,让我跟着你干吧,我不要工钱,只要给碗饭吃,有点事做就行。

爸爸为难地皱起眉头,想起上次顶棚掉下来的事情,这让爸爸觉得很丢人,也窝了工。

塌鼻子见爸爸这样，又要往地上跪。

妈妈对爸爸说，你不是正忙不过来吗，找他帮衬一下不是正好？

确实，整个冬天都是爸爸的忙月，许多人排着队找他裱家，我们经常还没有吃早饭，就有人来家里请爸爸。晚上也有人来敲定几天后的活儿。说得晚的人家，一等就得至少等半个月。爸爸每天早出晚归，还是干不完活儿。

不是我不愿意要你，是你不适合干这个。你的个子——爸爸说，即使你学会这门手艺，你个子太矮，做起来太费劲。

塌鼻子眼里的光迅速暗下去，他咚一下跳下地，要走。

我发觉塌鼻子的个子真是矮，坐在炕沿上居然脚都探不到地。

你等等。爸爸边说，边望了妈妈一眼，然后说，你愿意学插纸货吗？

愿意，愿意！塌鼻子一听，一迭声地答应。

妈妈说，学这个挺好，又省力气又挣钱。

裱家和插纸货作为我家祖传的手艺，在附近三村五里很有名气。当年找我爸爸插纸货的人和找他裱家的人一样多。人们家里死了人做纸货，第一个想到的就是我爸爸。我小时

养鹰的塌鼻子　　41

候还经常在煤油灯下帮着爸爸叠花圈上用的纸花。后来妈妈病了一场，看见满屋子摆的纸扎感觉不舒服，又觉得干这行不吉利，就不让爸爸做了。

那天之后，塌鼻子开始正式跟我爸爸学插纸货。他来我们家时，经常带一些奇怪的小玩意儿，比如几个嵌在镂空的花篮上面的精致的铜环，皮做的油光发亮的套袖，连着丈许长双股麻绳的皮条子。我问他这些东西是干什么的，他笑眯眯地不说。

半年之后，塌鼻子几乎学会了我爸爸的全套手艺，他插的供奉小人像真的一样，做的纸马拍拍屁股还能走几步。找他做纸货的人越来越多。人们来了我们院子经常问，王师傅住哪里？人们好像忽然都知道了塌鼻子本姓王，叫他塌鼻子的人越来越少。

有一天，塌鼻子突然来到我们家，说要回老家去了。

我们一下愣住了。

老家和塌鼻子放在一起，不，和王师傅放在一起，让我们觉得非常陌生，我们从来不觉得他远方还有个家。

这儿不是挺好吗，为啥要回去？妈妈问他。

我想让那边的人看到我学会手艺了。塌鼻子有些害羞地说。

妈妈炒了几个菜，给塌鼻子送行。

塌鼻子喝上酒之后话多了起来，或许因为他觉得以后再见不到我们了，敞开心扉说话。他说他家祖上驯鹰，康熙年间他爷爷的爷爷驯的鹰还曾被当地县官献给皇上。他年轻的时候也驯鹰，很受人羡慕。后来鹰越来越少，成了国家保护动物，他别的什么也不会干，不愿在老家被人看不起，便出来寻个地方打算打发下半生。

我们谁也没有怀疑塌鼻子说的话，认真地听他讲着那仿佛非常遥远的故事。

我想起塌鼻子给我的那些神秘的东西，把它们拿出来要还给塌鼻子。塌鼻子说，我要它们已经没有用了，你爸爸给了我新的生活。小兄弟你留下做个纪念吧。

第一次有大人和我说这种严肃的话，我一下觉得这些东西异常珍贵，但我还是好奇地问，你为啥来我们这儿呢？

《酉阳杂俎》上记载你们这儿唐朝时就产鹰，我原本希望来了这儿……

唐朝。鹰。《酉阳杂俎》。这些奇异的词弄得我迷迷糊糊，我把塌鼻子给我的东西牢牢抱在怀里，知道那是些宝贝。

弟弟带刀出门

要想找到你认为美好的颜色,首先准备好纯净的白色底子。

——莱奥纳多·达·芬奇

1

弟弟第一次进货那天,家里人都早早醒了,大家蛰伏着不动,长短不均匀的呼吸声暴露了每个人都在装。大家还是装着,屋子里有一种格外的安静,一只老鼠出来窸窸窸窸唪东西，没有一个人呵斥。那种清醒的控制着自己的装睡，比睡着难受多了。

四点半，闹钟一响，猛一下都坐了起来。彼此惊了一跳，有些尴尬。拉着灯后，屋子里由黑暗变得昏暗，像从黑夜返回到了黄昏。

弟弟匆匆吃了几口饭，急着便要走。

我看了看表，离五点还差三分钟。这时妈妈和爸爸一起说，别误了车。其实我们都知道，县里那辆去太原进货的车五点半才出发，到我们村口，最快也得用十分钟。可我心里也担心弟弟误了车。万一那辆车早早拉满人，提前出发呢？

弟弟拎起脚边的包，冲我们笑了笑说，把这个东西带上吧！说着他把一把裁纸刀放进包里。这把刀五寸左右长，刀背有牛角一样的弧度，刀刃已经磨得坑坑洼洼，黑乎乎的看不见一丝寒光。弟弟说话的时候，灯光暗黑的影子在他脸上移来移去，把他的恐惧照得一览无遗，本来为他这次出门就担忧的我更加担忧。爸爸妈妈也是满脸忧虑。在我们这里，谁没有听到过进货被抢或偷的故事？再说弟弟从来没有出过远门，太原是第一次。

临出门前，妈妈又叮嘱，钱带好了吧？弟弟摸了摸小腹下边。

出门后,我们不再提钱的事,都知道隔墙有耳。

那天有星星,我却感觉异常漆黑,平时熟悉的路变得到处都是坑坑洼洼。我们深一脚浅一脚拥簇着弟弟到了公路上,天仿佛更黑了,不知道是黎明前的黑暗,还是本来就更黑了。路上几乎没有车,风像一把大扫帚呼呼用劲划拉着公路,头顶上的电线呜呜叫着发出哀伤的声音。等了很久,脚麻得像两坨石头,那辆进货的车才来了。它突然就停在了我们的面前,里面的灯哗一下亮了。弟弟几乎来不及跟我们告别,就挤进了那个缓缓往开打的车门,仿佛那儿有一种神奇的吸力。车又轰鸣着发动起来往前跑去。车里的灯灭了,两个红色的尾灯也一眨眼就不见了。

我们不约而同打了个呵欠,往村子里走去。

妈妈说,弟弟从来就胆小。他小时候,我一听到有他这么大的娃娃哭,就以为他被人欺负了。我眼前出现我和别人打架,弟弟躲在一边哇哇大哭的情景。爸爸说,那把刀子,唉!几只狗拼命大叫起来。

弟弟带回了如来佛、大肚弥勒佛、观音菩萨等几箱子佛像,最大的有二尺多高,最小的才五六寸。它们大多是瓷质的,有的纯白,有的象牙黄,有的白底上面点缀红色的璎珞和金色的衣服,还有一些是铜质的,沉甸甸的散发着庄严的光。除此之外,他还带回一箱子佛龛和香炉、烛签、香筒、莲花灯、木鱼等配用品,以及各式各样的香。

我们看到这些东西后都非常惊讶。

小店卖什么东西此前我们商量过,当时主要在副食和衣服中间摇摆不定,没想到弟弟带回的是这样一批稀罕的玩意儿。当我们用征询的眼光望着弟弟时,弟弟的目光游移不定,他说,货卖独家,镇上那么多店铺还没有一家卖佛像供品的,一定赚钱。弟弟说完之后就借口累了,一头扎在炕上。我不明白为啥弟弟进回这样一批东西。爸爸说,进回些这东西,能卖了吗?妈妈盯了他一眼,朝炕那边点了点。爸爸叹了口气。

我们把佛像一件件摆上货架,惊讶地发现一种神圣的光从那些瓷质、铜质的佛像上散发出来,使这间不到二十平方米的屋子庄严起来,不再那么窄逼、矮小。妈妈抽出一支香,对着最大的那尊观音菩萨,深深地拜了下去。

在箱子的最底部,有几本书。我拿起来翻了翻,都是经书。封面一律是黄色,开本有大有小,纸张优劣不一,字体的大小也不一样,一看就是些赠送品。然后发现了一包严严实实的东西,把包装一层一层撕开之后,是五把漂亮的刀子。它们插在精致的皮鞘里，不到一尺长，刀把上镶嵌着红色和绿色的宝石。我拿起一把，沉甸甸的。拔出刀子后，寒光闪烁，马上有一种力量从刀把上传到我手上，然后心里。摸了摸刀刃，没开刃却能感觉到锋利。我把它缓缓插回刀鞘，想起弟弟出门进货时带的那把裁纸刀，与这几把比起来，太垃圾了。

我在正面的货架上钉了一颗钉子，把其中一把刀子挂上去。看了看，觉得确实好看。

弟弟请人做了一个"佛香阁"的牌匾，与隔壁光明照相馆的牌子并排挂在一起，选了一个吉日，我们的小店开业了。

鞭炮响过之后，卫星的奶奶走了进来，头发梳得一丝不苟，整张脸上，有一个突兀的大鼻子。她虔诚地双手合十，向最大的那尊观音拜了下去，然后向东边的，西边的。又有几个女人进来，差不多都四五十岁，看到这么多佛像，她们的眼睛放出光来，她们朴素灰暗的衣服随着她们眼中的光神奇地鲜亮了起来。几个提着篮子的年轻些的女人进来，瞧了一下走了。有个梳牛角辫的小女孩跑进来，问，有没有糖？又跑出去了。两个年轻人晃着膀子走进来，是卫星和"花生"，他们直奔挂着的刀子。

卫星。奶奶叫他。卫星张大嘴，有些夸张地说，是奶奶呀！顺手把刀子取了下来。多少钱？花生问。卫星你过来。奶奶说。卫星不情愿地把刀子递给花生，向奶奶走过去。奶奶把嘴凑到卫星耳朵上告诫，不要和那些不三不四的人在一起！她忘记自己耳背，声音奇怪的高而尖锐。屋子里的人都大笑起来。花生不自然地嘿嘿笑着，放下刀子，走出门去。卫星恼怒地瞪了一下奶奶，大步追去。

这个不省心的爷爷！都是叫那些勾魂鬼带坏的。卫星奶奶追着说了一句，对着最大的观音拜下去，祈祷保佑她的孙子。然后拿起一尊观音问，这尊多少钱？

到傍晚时分，请走了三尊观音菩萨，还卖了一套供器，外加十几块钱的香和纸。弟弟兴奋地算着一天的盈利。妈妈伸着细长的脖子，朝渐渐黑下来的街上张望。

两个人前后脚进了店，是看风水的"钟馗"和奶奶庙的跛子和尚。

钟馗打扮得与和尚差不多，短头发，灰色袍子，黄色的毡靴。

他与跛子两个对望了一眼，各自朝四壁的佛像望去。

看了一会儿，跛和尚朝弟弟笑笑，双手合十点点头说，阿弥陀佛。先走了。

钟馗开始说话。这是西方三圣。骑狮子的是文殊菩萨。骑白象的是普贤菩萨。这是……钟馗足足说了半个多小时，嘴角边都是白色的唾沫。

弟弟一句话也不说，认真听着。

第二天，弟弟看店时拿起了佛经。从那之后，弟弟几乎经不离手，只要店里没顾客，他就念念有词。有几次，我看见他拿着我的字典，查经书上的字。

2

小店的生意不理想。初一、十五这些日子稍好些，平时只能卖些香、纸、烛等消耗品，偶尔有人请走一尊佛像，我们都会在心里念阿弥陀佛。幸亏小店是自家的，要是别人的，可能连房租都不够。钟馗经常来，弟弟现趸现卖，与钟馗谈起佛教来，总是磕磕巴巴，有时说错一句话，被钟馗纠正，他脸马上就红了，双手搓来搓去，不知道搁哪儿好。

看刀子的人倒不少，除了卫星和花生，还有"大头鬼""军长"这些家伙，他们烫着卷发或者剃着光头，没有一个和正常人一样的。每次钟馗一来，过一会儿这些家伙就来了,他们对钟馗非常客气,亲热地叫他钟馗师傅!钟馗对他们也非常客气。

钟馗看佛像,他们看刀子,两不相干。过一会儿,他们就会凑到钟馗跟前,指着一尊佛像问,这是哪位神仙?有一次花生指着文殊菩萨问,这是把孙猴子压在五行山下的如来爷爷吗?他真是威风,骑的都是狮子。弟弟忍住笑,不吭声。与这些流里流气的家伙讲话,他也磕磕巴巴老是紧张。他害怕讲错话挨打。

钟馗一走,弟弟就会很认真地拿出佛经,寻找他们刚才谈过的内容。弟弟看得很认真,半天才翻一页,有时刚翻过去,马上又折回来看,还经常在上面做记录。

那些人走后,店里会有一种奇怪的酸酸的味道,像橙子、猫尿等东西混合在一起。人们说那些人里有些家伙吸毒,他们买刀子,大概为了防身。也有人说,大头鬼拿着刀子拦路劫人。弟弟听到这样的话,总是浑身不自然,把一束香点燃,插在各位佛像前的香炉里。钟馗说,众生平等,不可有妄念,妄自去猜测别人。

到一个月头上,佛像没有卖多少,刀子却卖完了。

弟弟再次去进货时,还是带了那把裁纸刀,看着这把黑乎乎的刀子,想起他卖完的那些精致的刀子,我叹了口气。

这次弟弟进回一箱子刀剑，有三尺多长的龙泉剑，一揸多长的弹簧刀，还有各种各样的工具刀、工艺刀。那时我们县里去太原进货的车都停在服装城的一个院子里，大家进上货把东西放在行李仓里，不用经过任何安全检查，换成现在，他这些刀剑大概就带不回来了。

弟弟在刀剑之外，还带回了一个小箱子，打开之后，上面放着厚厚两层书，除了有些和上次那些赠送的一样外，还有《禅灯梦影》《金刚经说什么》《中国佛教史》……我大吃一惊，想他读完这些书得花多长时间，万一他真的信佛了，怎么办？

有一天，弟弟突然宣布说他要吃素了。妈妈听到后怔了一下，问，上次咱们啥时吃的肉？十月初十，我回答。那是弟弟的生日。在我们家，一年吃肉的日子也就那么几天。过大年、七月十五、八月十五和家里每个人过生日的时候。

弟弟宣布完的第二天，妈妈把菜盛好之后，弟弟端起碗来嗅了嗅，问，猪油？就重重地把碗推到一边。

又过了几天，弟弟把自己所有色彩鲜艳的衣服送了人，包括以前非常喜欢而舍不得穿的一件红色羽绒衣。

天气一天天冷下来之后,弟弟坐在门口硬椅子上阅佛经,不停地用僵硬的手指揩清鼻涕,表情肃穆。妈妈边给他缝棉衣边骂,活该!念佛机里传出"南无阿弥陀佛"的梵音,在寂寥的屋子里一遍遍庄严地回绕。

望着弟弟走火入魔的样子,我心里暗暗悲哀。觉得为了做生意没必要把自己搞成这个样子。要是真正信,也不是非要吃素念经,像济公那样酒肉穿肠过不一样成佛?再说,弟弟的性子绵绵软软,连自己也保护不好,怎样度别人去呢?我一向瞧不起那些生活不如意就去信佛信耶稣信太上老君的人。真的,信什么,首先自己活个样子出来。

没想到,弟弟出息得很快。

有一次,看见他在店里和钟馗辩论,不高不低几句话,说得钟馗面红耳赤,浓黑的两道眉毛垂下来,要不是旁边有几个看刀子的家伙,钟馗可能撑不住马上就溜掉。还有几次,看见弟弟给卫星的大鼻子奶奶讲解她手里拿的佛经,那种认真劲儿,把我也马上吸引了过去。弟弟没有因为我的加入受到丝毫干扰,他继续往下讲,卫星奶奶不时合掌点头,我心里也不由点头。慢慢地周围围了一群人,听弟弟讲。后来,庙里的跛子师傅也经常来向弟弟请教一些知识,这时弟弟眼睛里就会放出一种精锐的光,这种光只有在那种自信满满的成功人士眼中才可以看到。弟弟以前的眼神总是那么谦卑，一和人对视就躲躲闪闪。

钟馗没有把那次争论给他带来的难堪放在心上，他还经常来。经过那次争论，弟弟和他在一起小心了起来，他们都努力寻找共同的话题。钟馗一来，卫星、花生、大头鬼这些人前前后后就来了。钟馗师傅，他们说。他们有的人上次见过钟馗的尴尬，还是对他一样的尊敬。

慢慢地弟弟发现，只要钟馗在，那些买刀子的生意一般都能做成。钟馗不在，有时冒冒失失进来几个人，看看刀子，大多拔腿而走。弟弟产生一种感觉，觉得钟馗就像阎罗殿里真的钟馗一样，他一在，就把各种恶鬼镇压住了。钟馗还给弟弟带来另一种好处，人们找他看过风水，大多会谢土，钟馗就指点人们来店里请尊菩萨，或至少买些香烛。

一天天过去，小店的生意渐渐好了些。经常看见一些衣着和弟弟同样朴素的人待在店里，大多是四十开外的女人，其中以老太太居多。弟弟和她们轻声慢语地交流，有时给她们朗读佛经。一群人安静围在弟弟周围，我不由想起徐悲鸿画的那幅《达摩讲经图》。这些人请的大多是观音，有的已经在店里看过几个来回，每次总要问一下自己心仪的那尊的价钱,然后选个日子请走。此后,她们会隔段时间请香,请烛,有些慢慢地会配齐香筒、烛签、香炉这些器物,有的还要莲花灯、佛龛。

也有些衣着光鲜,白脸涂着红唇的女人或戴着金项链的男人来请财神,他们大多是镇上的生意人。

我希望小店里出现一些年轻漂亮的姑娘,让弟弟感觉到生活的另一种美好。可每次见到的总是一些至少年近四十的老女人,还有那些混混。

3

逐渐地镇上信仰佛教的人越来越多。

信仰像呵欠那样传染,一有人信开,更多的人就会渐渐加入。这大概是人们怕别人信了自己没信会吃亏,万一佛爷灵验呢?就像人们看到有人在房子外边堆了一捆柴,或者在院子外面挖了一个厕所,马上其他人会跟着行动,他们认为这样的便宜不占白不占,于是很多村子的路边堆满了柴草、纸箱子、酒瓶子、烂砖头。许多村子里人家的厕所在房子外边,还挂着把锁子。他们不管自家上厕所方便不方便,不管街上臭气熏天,而且还害怕别人随便用他们的厕所，占了他们的便宜。那些怕吃亏的人请了观音，觉得不够，有余钱，又请如来、弥勒，害怕还不够，又请财神、太上老君，他们觉得家里的神越多越好，这个不灵或许那个灵。请了神佛，他们又买香、纸、烛，害怕不供奉，神佛生气怪罪。

弟弟的生意越来越好，已能在维持开销之外，有一笔结余。他每个月进货的时候，不带那把黑乎乎的裁纸刀了，带什么，看不到。从他的神色上，知道他一定还带着刀子。那一定是一把特别小又特别锋利的刀子，它会在弟弟需要的时候，很容易地拿出来，锋利地切下对方的一根手指，或插进对方胸口。

弟弟进的佛像越来越大，最大的一尊坐在那里几乎有我一半高，眼睛比我的都大。因为有些人买了小佛像，心里感觉不踏实，又来买大的，他们觉得大的比小的灵验些。与此相比，他进的刀子反而越来越小，有的小得像一尾鱼，握在手里根本看不到。以前用作招牌的那把刀子早已摘下了，所有的刀子摆在一个柜台里。买刀子的那些人越来越喜欢小刀子，他们喜欢把刀子握在手里，藏在口袋里，或随便掖在身上某个不容易被人发现的地方。

一天早上，村里放羊的在村外的河滩上发现一具尸体。那具尸体紧趴在地上,几乎半个脑袋陷入满是盐碱的地里,身上的衣服七零八落,有几处刀痕。

弟弟听到这个消息,马上来找我。他说话的时候惊恐不安,嘴唇哆哆嗦嗦,一句话说得结结巴巴。他说,村外有人被杀了,凶器会不会是我卖的刀子呢?我吃了一惊,盼望杀人的刀子不是从弟弟这儿买的。为了放心,我和弟弟一起跑到河滩。那个人周围被拉起了一圈绳子,几个穿着警服的人在里面忙活。我们踮起脚尖看了半天,也没有看清那个人身上的刀痕是怎么回事。

我安慰弟弟说,你卖的刀子都是没有开刃的。

弟弟回答,万一他回去自己磨快了呢?说着他手里一晃,出现一把闪亮的刀子。

我接过来打开,锋利的刀刃在阳光下闪着一团白光,像刀锋上有磁铁,把太阳吸引了过来。

你自己磨的?

嗯。

我说,首先凶手买的不一定是你的刀子,说不定还是用菜刀呢!再说,谁能证明他从你这儿买的刀子?

弟弟的脸一下变得苍白。他说,我卖刀子的时候钟馗一般都在场。他接着说,我马上去找钟馗。

弟弟匆匆忙忙走了，他灰色的影子尘埃一样消失在我的视线里。我不知道万一凶手是从弟弟这儿买的刀子，弟弟会承担什么样的罪责。有些心神不安。

不知道钟馗怎样答应的弟弟？那段时间钟馗来了店里，弟弟对他好得有些过头。他坐着的话，一看见钟馗来了马上就站起来，还会用袖子把坐了半天的凳子擦一下，让给钟馗。无论钟馗说什么，他一律点头说是，还左一口、右一口钟馗大师，附和着。我看到弟弟的样子惊讶极了。弟弟说，第一次称呼钟馗为大师的时候，感觉脸红说不出口来，慢慢地就熟练了，像说个笑话一样。弟弟说这话时一脸轻松，看不出任何心理负担。

弟弟一人在店里时，不读佛经了。他买了一堆萝卜，用一把把刀子在萝卜上刺出各种各样的痕迹。他想判断尸体上的刀痕到底是不是自己这儿卖的刀子划的。他一天天这样徒劳地试着。那段时间，我们家吃的菜基本都是萝卜，腌萝卜、凉拌萝卜丝、炖萝卜、蒸萝卜条。弟弟不吃荤之后，我们的菜谱本来就够简单了，现在又每天吃萝卜，吃得反胃。

后来，案子破了没有，我们不知道。只知道亡者是个外地人，好久没有人来领尸体。反正慢慢没有人谈它了。

几年之后，镇上许多人家里有了观音。还有的做了佛堂，供奉更多的神佛。店铺大多都供上了财神。

弟弟生意的好转引来了别人家的觊觎，有几家杂货店卖起了香烛，两家服装店里面也摆上了佛像，和性感的内裤、乳罩摆在一起，旁边是花花绿绿的衣裤、拖鞋。更有一个家伙，在破败的奶奶庙门前用床搭起了一个摊位，上面摆着土地、观音、太上老君和各种佛像，香烛黄纸，还有几把刀子，完全是照搬弟弟的店。只是他刚起步，本金薄，所有的东西都是小号的，摆在外面罩着土，看起来灰蒙蒙的。他留着鼻涕，搓着双手，脚冻得不住地跺来跺去。

弟弟的生意受到了一些影响，但没有事先想的大。那些人不读书，枯燥的佛经哪里能看得进去？他们不能给顾客讲解各种神佛的职责，也讲不来佛经上那些拗口句子的意思。更没有钟馗来和他们切磋，给他们介绍生意。

那一段时期，小店里站满了神色肃穆的女人，总是以弟弟为圆心，扇子似的展开。如果弟弟点一下头，马上好几个人跟着他点头；弟弟皱眉，好几个人也跟着他皱眉。弟弟的目光带着温度一般，给这些风华不在的女人们镀上了一层晚霞一样的光。

信仰方面的权威让弟弟有了一种神奇的力量。

甚至我们村那位年事已高的村主任,在决定村里的几件大事前,都来征求弟弟的意见。这种待遇,我们家以前从来没有享受过。

那些买刀子的人,对弟弟也仿佛像对钟馗那样尊敬了起来。他们进了店不再像以前那样大大咧咧、咋咋呼呼,让弟弟取刀子时非常客气,有时居然用"请"这样的词。

有些人拿上刀子会马上离开,有些却翻来覆去挑好久。弟弟从来没有不耐烦,他把一把把刀子递上来,放下去,再拿上来。那些人挑好刀子,钟馗会代弟弟把他们送出门。这是不知道什么时候他们达成的默契,弟弟帮助他们挑刀子,钟馗送他们走,仿佛里面大有深意。时间久了,弟弟发现,店里其他人多,这些人挑刀子就慢,慢到其他人都走了,只剩下他和钟馗。店里没有其他人,他们挑得就快,甚至随手指一把,拿上就付钱。

4

我们镇四周的山上忽然发现了铁矿,许多外地人一下涌了过来。半夜时分,经常听到载着音箱的摩托车唱着流行歌从街上驶过,间或有年轻女子的娇笑。有时听到喝醉了酒的外地人在街上大哭。他们的声音浑浊不堪，带着酒气，让整个镇子的夜发酵一样，不安，喧嚣。108国道上满是拉矿粉的大车。脸白肤嫩、走路一扭一摆的姑娘忽然就盛开在了路边的饭店里。

有一天，一位二十多年前被卖到我们村，孩子都在武汉上大学的四川女人忽然不见了。与她一起消失的，是住在她院里的一位技术工人。她这件事只被议论了几天，就过去了。没多久，她丈夫忽然雇了许多人，拆了以前的旧房子，起新房。村里人继续把自己多余的房子租给外边来的人，没有一个人以她的事为戒。村里多了许多山南海北的人。

村子北边靠近集体坟场有块地，布满几道大沟，耕种不方便，几十年来只是一些梨树、杏树，任其开花落叶，春天秋天煞是好看。一位老板看中了那几道沟，包了下来。一座蓝色的厂房一下子从遥远的半山坡搬到了村子附近。从那之后，厂房不断从山上走下来。

村里的账务上一下出现了多年来没有见过的一大笔钱，谁也不知道该怎么花，谁也想从中间得到点儿好处。于是每天开会。村民大会、村民代表大会、党员会、村委会、支部会，一个会接另一个会。以往对村里的公共事务一点儿也不关心的人,现在也热衷于开会。甚至会议结束之后,他们还像那些吸在人身上的蚂蟥,不愿意离开,继续发表自己的看法。

铁矿也给弟弟带来了好处,矿老板们喜欢大的关公、财神。弟弟把一尊尊瓷的、铜的关公、财神装在纸板箱里,里面衬上泡沫塑料,外面用木架框住,运回来。它们站在店里,像一个个肃穆的真人。

忽然有一天,村边的公路陷了下去,出现一个长七八米的大坑。在此之前,那些拉矿粉的大车已经把公路捣得坑坑洼洼,到处都是裂缝。这个大坑一下把那些拉矿粉的车拦住了。那天,那些被道路阻断的大车司机涌到了镇上,中午时分,每一个饭店里都挤满了人,划拳声、吵闹声震耳欲聋,吵得住在屋檐里的麻雀不敢回窝,在天空乱飞,像一片片灰色的网。整个镇子都被浓浓的酒气包围。

交通局、公路段的人都赶了过来,开会,做计划,报项目。弄好这个大坑,最少得需要半个月时间。

傍晚时分,几个老板找到了村主任,把一摞钞票放在他面前,让他想办法在天亮之前把大坑填平。

村主任在大喇叭里做动员,广大村民请注意,带上工具去公路上填坑,出一个劳力一晚上二百元,出一辆车……

村里许久没有见过的合作劳动的场面出现了。男人、女人都跑了出来。人们开上推土机、三轮车,推着小平车,拿着铁锹、箩筐,一齐涌出来。我从来没有想到村子里有这么多的人。推土机直接开到路边地里,把青色玉米秆和土一起挖了出来,装到车上。有人抱着石头,有人从河床里装上沙子,一起往坑里填。

村主任搞了一个录音机,里面不停地播放《咱们工人有力量》《团结就是力量》这类的歌。村里的人尽管不是工人,听着这些歌还是很带劲。

半夜时分,村主任安排人送来了夜宵。热腾腾的面条,香喷喷的饺子。有人唱起了"社会主义好,社会主义好",马上有人紧跟着唱"共产党好,共产党好,共产党是人民的好领导"。

天亮时,那个巨大的坑被填满了。还在最上面铺了一层石头,里面灌了沙子、石灰、土组成的三合土,在缝隙里浇了些水泥糊糊。又把推土机、三轮车开上去压了一遍,全村的人排着队在上面踩了十来分钟。然后大家打着呵欠往家里走。

弟弟一个人落在人群后面,寻找哪里不结实。他担心大车走过来一下把路压塌，反反复复在这条新修好的路上走。

忽然看见一个穿白衣服的女孩从车队的长龙里钻出来，她像在闭着眼睛走路，根本没有看见前面修好的路，顺着斜坡走向公路下边被挖得乱七八糟的庄稼地。弟弟以为自己累了一晚上，看花了眼。他继续机械地走着。猛地传来一声尖叫，弟弟醒了似的奔向发出声音的地方。女孩掉在一个大坑里，屁股坐在地上，双手捂着脚，继续发出惊恐而疼痛的尖叫。这时，路上的大车发出一阵阵兴奋的喇叭声，车辆开始了流动。

弟弟趴在坑边伸出手，女孩试着站了一下，又疼得一屁股坐在地上。弟弟没有犹豫，跳下坑里。女孩仰起头，弟弟看到一张苍白又漂亮的脸。他慌乱得不知道该怎么办，伸出手想扶她起来，又不知道手往哪儿扶，赶紧缩回去。女孩呀地叫了一声！弟弟顾不得多想了，拉住她的胳膊。女孩脚一用力，又叫了起来。弟弟马上有了主意，他伏下身子，板凳一样蹲在女孩面前。女孩把双手搭在他肩膀上，女孩软软的胸脯时不时碰弟弟几下，弟弟如僵死一般不敢乱动，两个人慢慢站了起来。弟弟出了一身大汗。

仰头望，离地面还有一段距离。女孩的香气一阵阵地传到弟弟鼻子里,弟弟从来没有见过这么香的女人。这种香味不同于弟弟常闻的那种点的香,它像小爪子一样把弟弟深藏在心底的欲念勾了出来。弟弟扶着女孩靠在墙上,狗一样开始拼命刨土,搬石头。很快弟弟建起了一道斜坡,他扶着女孩走上去,她的双臂能够着坑口了,弟弟用劲一托,女孩爬了上来。

这时,整个镇子陷入昏睡中。弟弟脱下外衣,站到公路中央,拼命挥舞,拦了一辆出租车,载着女孩去了县里的医院。

挂号,拍片子,女孩左脚骨折,需要住院。弟弟和女孩带的钱都不够。弟弟站在住院部门口,先是哀求医生让女孩先住院,他去取钱。被拒绝后,他开始破口大骂医院不讲人道。发觉没人理他时,他掏出了刀子,在收费处的玻璃上用劲划下去。玻璃发出刺耳的声音,里面的医生尖叫。保安过来拖走了弟弟。弟弟疯了似的,在县城的大街上疯狂地寻找熟人,人们看见他手里握着刀子,纷纷退让。后来,好不容易遇到我们村嫁到县里的一个女人,借了一千元钱。

就在女孩住进医院的第二天,村里80%的村民达成了一致意见,把村里账上的钱用来修奶奶庙。

决定好了之后,马上成立理事组。弟弟差点被选入,因年龄小,在最后一轮投票时比前面那位少了一票。

5

弟弟开始买排骨,买乌鸡,让妈妈炖成汤。每天傍晚,早早关了店门,骑上摩托往医院赶。有时妈妈忙,他居然亲自动手熬汤。看着他把带着血丝的鸡块、排骨放进锅里,根本不会相信他是个不吃荤的人。为了保证味道好,他还每次舀上一勺,尝尝浓淡。

每天出发前,弟弟把脸洗干净,刷了牙,还在口袋里装上一把小梳子。一天他从医院回来之后,脚上穿着一双崭新的皮鞋。又过了一天,穿回一件黑色的立领皮夹克。他说女孩说他脖子长,穿上立领衣服好看。我们看到弟弟这些变化,暗自高兴。

白天在店里,弟弟不像以前那样总捧着一本佛经了,他经常拿着一本笑话书或讲鬼故事的书,因为女孩喜欢听笑话和鬼故事。

大约过了二十多天,弟弟忽然穿回一件红色的立领毛衣。他说女孩每天待在医院没事干,为了感谢弟弟,给他织的。望着那一针一针织出来的毛衣,我忽然觉得弟弟好幸福。

弟弟为了展现自己的幸福,在冷飕飕的店里故意把外边的夹克脱了,露出他的红毛衣。几个老太太看见,问弟弟,搞对象了?弟弟笑眯眯点头。

一个多月后,女孩的脚好了。她提了两瓶酒、一袋子水果,还有鲜奶、糕点到我们家里感谢弟弟。她穿着白T恤,白裤子,白风衣,说着一口漂亮的普通话,模样周正极了。我们都对她挺满意,觉得弟弟能娶上这样一个媳妇,是福气。

女孩和弟弟一起去了店里之后,妈妈开始包饺子,炸油糕,准备午饭。

到了饭点儿,迟迟不见弟弟回来。我跑去叫他。弟弟一个人气恼地用刀子削废纸板,地上已经乱七八糟一堆纸片,他手上还有一道带血的口子。

我不明白发生了什么事,问,那个谁呢?

弟弟把刀子往地下一扔,说,我不饿。

那天,我劝了半天,弟弟也没有回家吃饭。

后来我才知道,那个女孩跟着弟弟去了店里,弟弟还开心地买了些瓜子、话梅、糖果。女孩帮弟弟把店里所有的东西都擦了一遍，最后抱着一尊雪白的瓷观音舍不得放下来。弟弟望着女孩说，你真像！

像啥？

观音菩萨。弟弟回答。

女孩重重地叹了口气，把观音放下。

这时，大头鬼和卫星来了。他们看见女孩，愣了一下。然后大头鬼鬼鬼祟祟捅了卫星一下，说，白牡丹！卫星走到女孩跟前，捏了捏她的屁股说，白牡丹，这段时间去哪儿逍遥快活去了？

女孩的脸一下变得刷白，白到嘴唇时那儿薄得像一层白纸，她额头上的一根青筋凸了起来，她想说什么，却什么也没有说，眼睛现出死灰色。拔腿跑出去。

弟弟赶忙追了出去，呼喊女孩。

女孩哭着说，你不要管我！

弟弟往前追着跑了几步，女孩继续往前跑，使劲大喊着别管我！她的声音像有魔力似的，路上的人们都停下来惊诧地望着弟弟。弟弟一下泄了气，抱着一根电线杆，头抵在上面软软地滑了下去。

从此之后，弟弟再也不像以前那样认真地读书念经照看小店了。他经常捧着书，半天也读不进一页，望着屋外发呆。一有女人走过来的声音,就紧张地站起来,看见不是那个女孩,就烦躁地在店里走来走去,然后去上厕所,有时连十分钟也不到,就上两趟厕所。

人们买东西时,他没有以前的那种耐心了,别人挑上几次他就不耐烦。要是人家讲价,他就生气。有一次,弟弟居然和一位顾客大吵起来。那位顾客请了一尊观音,回去之后发现底座上掉了一小块瓷片。她拿回来要求弟弟帮他换一个。以前碰上这种事,弟弟总是笑呵呵地说,没问题!那天却坚持不换,向顾客要证明,证明观音是在买以前磕的,不是买上回家的路上或回了家之后磕的。那位请观音的是个烈性子的生意人,没想到弟弟会这样不讲情面。她举起观音赌誓说,谁把它磕了的谁不得好死!然后狠狠摔在地上。

那个女人回去之后,把自家店里以前卖的所有东西全部盘了出去,房屋装修一新,进回满满一屋子如来、观音、关公、财神等佛像。弟弟有的她都有,弟弟没有的她也有,包括藏传佛教里的欢喜佛、大黑天、绿度母等等。她进的货晚,都是最新的工艺,款式新颖,色彩鲜艳,釉色发亮。从她的铺子出来进了弟弟的店里,好像从现在的社会返回了以前的时代。弟弟店里也有新货,但几年下来，每次都有积压的旧货，旧货越来越多，那些新品种摆在旧货中，像春天嫩绿的树叶长在秋天的大树上，看起来非常不起眼。

女人这还不够，只要是和弟弟一样的货，她一律卖得价钱比弟弟的低。她不念佛，不读书，也不信佛教，生意却热热闹闹做了起来。

这时，奶奶庙以一种不可思议的速度在修复，甚至远远超过了以前的规模。期间，理事会的人在镇上挨家挨户募捐了两次。人们表现出非同寻常的热情和慷慨，一百、五十、十元，总要表示自己的意思。有三个矿老板，每人捐了十万。

与此同时，镇子周围到处在建天蓝色的厂房，天空像被撕成小块种植在地里。

弟弟手里总是捧着女孩喜欢的那尊观音，用一块棉布细细地擦她。那尊观音也许是被他抚摸得太多了，比其他观音更加晶莹剔透，泛着一层圣洁的光。

少了顾客的光顾，小店很快暗淡了下来。玻璃总是灰蒙蒙的，墙壁上到处是星星点点的苍蝇屎，那些货架上的佛像不管怎样擦洗，都散发出一种忧郁的色彩。只有钟馗还经常来，他一来，会有几个买刀子的来。弟弟的刀子越来越少,他却懒得去进货。

有一天,钟馗来了之后,卫星和大头鬼也来了。这是那件事情之后,卫星和大头鬼第一次一起来店里。不知道他们是意识到了什么,还是这段时间各自有事?弟弟一看见他们,身子愤怒地不由自主地抖了起来。大头鬼要弟弟递一把刀子,弟弟埋下身子手伸进柜台,里面只剩下稀稀拉拉几把,弟弟却抖得不能够拿起大头鬼要的那把刀子。这时,卫星伸手去够一个木鱼,以往他对这些东西从来不感兴趣,这天不知道抽哪股筋,一不小心把弟弟放在柜台上的那尊白观音触到了地上。

弟弟听到声音,看见地上的碎瓷片,眼睛忽然红了。他猛地握住了那把刀子,直起身来,指着他们大声吼,滚!

卫星和大头鬼都愣住了!

钟馗听见吵闹走过来微笑着冲弟弟说,打碎什么东西让他们赔。

弟弟把刀子转向钟馗,大声冲他喊,我让你们滚,你们听不见?

钟馗的脸一下涨得紫红,拍了一下柜台就走了。

大头鬼的脸黑了。他一字一顿说,白—牡—丹—是—个—婊—子!

他说完，卫星又一字一顿重复说，白—牡—丹—是—一—个—婊—子！水—很—大！说完狠狠地朝弟弟竖了一个中指。

弟弟抱住头哇一下哭了。他边哭边用双手使劲扒拉那些碎瓷片，想把它们归拢在一起，他的手划破了，血抹得脸上都是。

第二天，弟弟把柜台里的那些刀子都收起来，装进一个黑塑料袋，扔在墙角。

6

弟弟的生意更加萧条了。他经常半上午就关了门，跑到公路上一家饭店挨着一家饭店问，你们见过白牡丹吗？

有的老板买过弟弟的财神，看见他问这个女子，十分奇怪。问，哪个白牡丹？

弟弟详细地把她的样子描述一遍，脸十分白，喜欢穿白衣服……

老板看着弟弟的脸色，小心翼翼地回答，好像几个月前见过这个漂亮姑娘，现在不知道去哪儿了。

弟弟于是满怀希望地问另一家，见过白牡丹吗？

哦，那个婊子，不知道跌哪儿去了！

这时弟弟就会痛苦地攥紧拳头，问下一家。

有时问到的是个年轻的服务员，她回话，白姐姐嘛，好久没见了。

弟弟把路上的三百多家饭店问遍，大多数人几乎都知道白牡丹，却没有一个人知道她现在去了哪里。弟弟明白了白牡丹确如大头鬼他们说的那样，可是他不愿意相信，他想找到白牡丹让她亲口对他说，他们说的不是真的。

弟弟又一个一个问那些停在饭店门口的大车司机，你们见过白牡丹吗？

这次弟弟受到的侮辱更甚，有的司机直接就和弟弟描述与白牡丹在一起搞的细节，说得甚至流起了口水。

弟弟脸色苍白，但每次他都要坚持听完，然后又去找下一个人问。

人们这样说白牡丹，不仅丝毫没有打消弟弟对白牡丹的爱，还激发了他的一种强烈责任感。他想起她掉在坑里时那恐惧绝望的声音和苍白的脸，她在医院里一次次对他说，你老实，善良，和别的男人不一样。别的男人见了女人都动歪脑筋，你却……女孩握着他的手，一遍一遍回忆在那个大坑里，弟弟怎样想帮她，却一副窘相不知道该怎么办。不敢扶她,不敢托她的屁股,狗一样去拼命刨土,挖石头。弟弟觉得自己就是命中拯救白牡丹的那个人。他想找到她,和她结婚。

弟弟费尽了辛苦,只听到白牡丹越来越多的风流事,却打听不到她去了哪里。他变得神情恍惚,眼睛血红,晚上整夜睡不着觉。有时半夜起来,在村外徘徊。当初白牡丹掉进的那个坑找不到了,村子外边到处都是天蓝色的厂房,连庄稼地也没了。有时他整夜在公路上奔走,试图拦住那些大车,问一下司机白牡丹在哪里。几乎没有一个司机停,都觉得他是神经病。弟弟经常在公路上走着忽然脚步就谨慎起来,他说感觉自己走在一张满是皱纹的老人的脸上,害怕把它踩出一个洞。

我们看到弟弟这样,很是担忧。

白牡丹消失之后,妈妈慢慢知道了她是个什么人,说啥也不同意弟弟和她来往。后来渐渐认了命,她现在愿意弟弟和白牡丹结婚,只要他变得正正常常的。她托人打听了许久,也没有那个女孩的半点消息。我们预感到,弟弟再也见不到白牡丹了,不知道拿他怎么办好。

有一天妈妈告诉弟弟,那家佛像店也卖刀子了。弟弟沉浸在自己的世界里,没有半点反应,像根本没有听见。

妈妈叹口气，跪在观音菩萨面前，默默流泪。

很快，钟馗出现在新开的那家佛像店了。卫星、花生、大头鬼他们这些流里流气的家伙也开始出现在那里。

几天之后，警察突然光临此店，抓了钟馗和正在交易毒品的卫星。那个店也被封了起来。

卫星的大鼻子奶奶跑到弟弟店里，劈头盖脸地骂起弟弟来。她骂弟弟是汉奸、叛徒、神经病、没头鬼。她把脸凑到弟弟面前，大鼻子几乎抵住弟弟的脸，唾沫星子喷得弟弟满脸都是。她忘了自己虔诚地信佛，弟弟曾经一字一句地给她讲解佛经。

弟弟脸色刷白，坐在那儿不停地摇头，一句话也不说。

人们传说是弟弟告的密，很久之前，钟馗就在弟弟店里卖毒品。

七八天后的一个晚上，弟弟的店里忽然冲出一阵火光。周围的邻居发现弟弟的小店着火了，赶忙打120、110。拍门喊弟弟，里面只有火噼里啪啦的声音，没有弟弟的半点动静。

人们围在外边，一桶一桶的水浇上去。上百年的老屋子，木材早已干透，那点水根本不管用。等消防车赶来时，房子只剩下一个空架子，高压水枪冲上去，轰隆一下倒下了。

弟弟回来时，消防车已经走了，废墟上冒着呛人的热气和香的味儿。妈妈一看见他，抱住就大哭起来，庆幸他不在里面，没被烧死。爸爸问他去哪儿了？弟弟没有回答，他红着眼睛冲进废墟，大声喊着，把它们弄走，把它们统统弄走！人们赶紧把他拉出来。

弟弟拼命地朝废墟摆手，仿佛想把什么东西甩掉似的，哭着大喊，我根本不想卖这些玩意儿！我第一次进货，一进铺子，后面就传来东西掉到地上的声音。那个人拿着刀子逼我买他的佛像，他拿着我的刀子啊！弟弟号啕大哭起来。他从来没有哭得这样憋屈，这样伤心，又这样痛快！

邻居们推来几辆平车，还有一位开来三轮车，一锹锹破瓷片被铲进车里。露出墙角的一堆东西，那是弟弟装在塑料袋里的刀子。它们融化成了一团，像正在交媾的蛇。

关于弟弟小店着火的原因，基本有两个说法，一种说弟弟发神经不想开这个店了，自己放了一把火；一种说弟弟告发了钟馗卖毒品，被吸毒的人报复了。

弟弟对这两种说法都不置可否。

事件过了一星期后，弟弟脸色苍白地出现在黑色的废墟上。他像柱子一样站在那儿，立了许久。两只麻雀飞过来，在废墟一角打闹。弟弟忽然像被惊醒了似的，猛地扑向那两只麻雀，赶走它们，自己疯狂地干了起来。他不知疲倦地干啊干啊，从早上干到中午也没有休息，叫他吃饭时，他也不吃。我和爸爸去帮忙，他凶神恶煞般地朝我们喊，不用你们管！一直到天黑之后，他才踉踉跄跄地往家里走，累得仿佛随时要倒在地上。三天时间，他把一堆废墟处理干净了。然后，他处理烧焦的地面。天寒地冻，铁锹和洋镐落在地上只留一道不易觉察的痕迹，弟弟换一把凿子，像蚂蚁一样趴在上面啃着冰冷的大地。一点一点把所有烧焦的地面都弄得干干净净，然后又从远处的山崖上弄来土，一点一点垫那些低下去的地方。人们不理解地问，春天来了不能干？弟弟不声不响，继续填土，夯实。

一直到了春天，一块崭新的地基出现在我们面前，谁也看不出这块地基上面的屋子被大火烧过，人们甚至已经淡忘了这块地基曾经被伤害过。弟弟请来一些工匠，在这块干净得像从来没有使用过的地基上重建屋子。

在奶奶庙举行竣工剪彩的那天，弟弟的屋子也建好了。他请来工匠刷墙壁，割货架。空气中到处弥漫着木板、刨木花、木屑的清香，弟弟发觉木头越是细小越香，它们穿过涂料那浓厚沉重的味道，清新而让人沉醉。

然后弟弟开始漆货架，他一个人仔细地漆，漆了好几天，货架都变成了纯白色。

几天之后，弟弟去进货，他穿着红毛衣、黑色皮夹克，在这已经曛暖的日子里，有些夸张，有些热。

弟弟带回一大堆东西，打开之后，全是白色的。白色的百合、菊花、牡丹、手袋、床单、珍珠、裙子、背心、袜子、瓷娃娃，白色封面的书籍，白色的茶杯、茶壶……

弟弟用白色的东西摆满了白色的货架，白色的屋子里一片雪白、银白、钛白。

弟弟把一块白色的木板挂在门楣上，上面写着"白色"两个大字。

山中客栈

我和阿丁离开Y景区之后,我们的车沿着一条旧国道飞驰而下,路两边高大的白杨树叶子上闪烁着暖暖的阳光,像缀满了金色的饰物。我们还在回味那美丽壮观的景色,都说以后要约更多的朋友来这儿玩,带上妻子和孩子们一起来。还住在无香客栈。

这次来Y景区玩,阿丁和我住在无香客栈。无香客栈所有装饰用的东西都就地取材,几块木头上面架一个磨盘就是餐桌,碌碡上面摆着山上挖来的兰花,青翠欲滴,青石铺的地板磨出了人的脚印,看起来处处随意节俭,但无不自然妥帖。客栈的那个女老板,我只见过两三次,有一次还只是看到她的背影与一截白皙的脖子,但客栈和老板都给我留下了非常深刻的印象。

忽然,我发现阿丁不再说话,他握方向盘的两只手关节发白,顺着他的胳膊看到他脸色苍白,脚紧紧踩在刹车上。我明白刹车失灵了!这可是在山上啊!我沉浸在自然中的心狂跳了起来。

车尖叫着把一座座山头抛在后面,相隔不远的高速路上不断有车飞驶而过,我看见路边出现了农田,两三个农民在地里锄田,一条野狗从路上狂奔而过,偶尔有一辆车迎着我们慢腾腾往山上爬。忽然前面出现了一个三岔路,我担心有车横着出现。眨眼间车滑到了三岔路那儿,然后阿丁方向盘往右边一打,右面出现一个大坡,车爬上那个大坡之后,缓缓停住了。

我们两个下了车,腿一软都坐在了地上。

好久两人才喘过气来。我佩服地问阿丁他刚才为什么不向左打方向盘,而是向右,就恰巧碰上了大坡。阿丁说他多年前来过这里,叫三行路,那时Y景区还没有开发,这里却非常热闹。

我看见路两边都是年久失修的饭店、旅店、修车铺,房前屋后长满了叫不出名字的青草和蒿子,几只野猫扭着身体缠打在一起，一晃消失在一间屋顶塌陷的房子里。我们向前走去，看见每一家店铺上面都写着"出租""转手"这样的大字，已经模糊不清，显然好久没有人在这里生活了。我们停好车，去了附近一个镇上。

正是上午十点多，这个镇子却非常安静。我们顺着一条巷子往前走，大概走了七八分钟，眼前出现了一条街道，然后见到了人。我们问哪里有修车的？有人用手指了一下东边。这里居然卖什么东西的都有，但人们显得无精打采，一堆一堆人坐在一起打扑克，下棋，聊天。

忽然有人喊，杀了他！

我们大吃一惊，循着声音看见一个脸上满是黑色污垢的女人手里拿着一柄木头宝剑，嘴里不停地喊着"杀了他"，朝西边走去。

我们在一条水渠边找到了修车铺，里面却空无一人。

我喊有人吗？看见门口一团五光十色的灰尘在慢慢飞舞。

一个光头手里拿着一个"炮"走了进来。

我们说刹车失灵了，让他帮着修一修。他拿了工具，跟上我们走。一位双眼浑浊的老头马上也跟了上来。

我们拐进巷子的时候，又看见了那个疯女人，她喊，杀了他!

光头师傅看见我们脸上奇怪的表情,马上说,她是一个疯子。

光头给我们修车的时候,那位老头百无聊赖地数过往的车辆。这条路上的车确实不多,我想起我们刚才从山上冲下来的时候,也没有遇到多少车。

光头拧好最后一个螺丝,问我们从哪里来?

我们说从Y景区下来。

老头的眼睛一下亮了。他问,你们见无香客栈了吗?

我一下想起那个神秘的女老板,点点头说,我们就住在那里。

你们见幽兰了吗?老头问。

出于好奇,我和阿丁开着车拉着光头和老头又回到了镇上。

1

这是幽兰以前住过的屋子。老头领着我们进了一个大院,指着几间屋子说。

一个女人听见外面有人说话,推开门往外望。老头挥了挥手,她把头缩了回去。

幽兰嫁到我们这儿时才十九岁。带着一头骡子做嫁妆。那时山里的女人都想嫁到平川,而平川条件好的男人却不愿意娶山里的女人,二狗又穷脾气又暴躁,三十多岁还没有问下对象,媒人一领来幽兰,他就同意了。

他们结婚之后,下地时那头骡子走在前面,幽兰和二狗走在后面,人们谁都想多瞧幽兰几眼。要不是双全这个家伙,幽兰和二狗的日子应该会一直好好过下去。

双全是谁呀?我惊讶地问道。

是个坏东西,已经不在了。老头笑着,露出几颗大黄牙。领着我们出了院子又来到街上,一堆堆的人还在下棋,打扑克,时间好像在这儿凝滞不动。老头捏了一下鼻子,手在衣服口袋里乱拍,边拍边说,烟也没了。我掏出十元钱给了他。老头马上冲进路边一家铺子,随后拿着两包桂花烟和五元钱出来。他把一包烟和五元钱给我,我示意他都拿上。老头熟练地撕开一包烟,放在鼻子前嗅嗅,满意地点着,长长吸了一大口。然后接着说。

双全看上了幽兰,想把她搞到手。他开着一家豆腐店,这是个幌子,其实他开着一家地下赌场,弄了很多钱。幽兰经常去双全那儿买豆腐,双全和她熟悉之后,知道她爱打扑克。那个时候人们几乎都爱打扑克，老头解释。我记起我们八十年代彻夜打"拖拉机"。

双全便经常约上人去她家打扑克。幽兰刚来了我们这儿闷，一下遇上个这么热心的人，她根本不知道他怀着什么样的坏心眼。二狗想和双全拉近关系，也不反对。于是人们经常看见双全领着三四个人去幽兰家。双全为了凑够人，老的少的男人女人都叫，有时人不够，他连小学生都叫。

有一天，男人们都出门干义务工去了。忽然，双全老婆堵在幽兰家门口大骂，骂的话难听死了，全都和生殖器有关系。老头指了指自己的裤裆。

幽兰听到双全老婆骂她，她赶忙跑出来解释。可她解释一句，双全老婆往前走近一步，最后唾沫星子都喷到她脸上了。幽兰从来没有听过这么难听的话，也觉得和这个女人根本解释不清楚，她躲回屋子里不理这个女人，以为她骂几句就走了。可是双全老婆越骂越来劲，一直骂到太阳落山，才怒气冲冲地回去。幽兰羞愧死了，她觉得自己没脸见人了。

二狗回来听幽兰说双全老婆堵在门口骂她，就跑去豆腐店找那个女人理论。看见双全正在打老婆，边打边喊，老子干啥用你管？嫌过得不滋润？双全的老婆抱着头躺在做豆腐的灶前，双全用劲朝她肚子上踢。二狗觉得双全正在替他教训这个女人，他的气消了一大半，去拉双全。双全说，二狗，朋友的妻不可欺，这个贱货说我和你老婆有关系，你相信吗？二狗的脸一下涨得通红，他说不相信。双全又朝女人肚子上踢了一脚，对二狗说，你有空也可以来兄弟家玩几把，没钱我给你拿上。

双全继续去幽兰家打扑克。本来幽兰被他老婆骂过之后，发誓不让他来了，可是双全死皮赖脸地对幽兰说，她一骂我就不来，让别人还真以为她说的是真的，咱们又没干啥。幽兰想想是这个道理，她心里也气那个女人，便继续让双全带上人来玩。这时，二狗禁不住诱惑，被双全这个家伙勾引得开始赌博。等幽兰发现二狗经常不回家是扎在赌场里时，他已经欠下一屁股债。

双全拿着二狗写下的歪歪扭扭的一张张借条给幽兰看。幽兰顿时感觉天塌了下来，她身子一软坐在地上。双全扑在她身上解她衣服的时候，幽兰一个劲儿地哭，她脑子里想的都是那些借条。双全撕了一张借条，幽兰忽然就不哭了。双全说，你陪我一次，我撕一张。

幽兰发觉自己的肚子大了。她站在门口的镜子前望着里面的自己发怔。正好二狗回家,看见她发怔,问她咋了?幽兰告诉二狗她怀孕了。二狗的脸马上黑了。他把刚端起的一碗饭猛地摔向在院子里吃草的骡子,然后一摔门走了。

幽兰生下孩子的满月里,二狗照样不回家,孩子一眼也不看。照看月子的幽兰娘不断叹气,后悔没有把幽兰嫁好。

满月一过,幽兰娘前脚走,二狗后脚回,然后二狗和孩子都不见了。

那些天幽兰快疯了。见了周围每一个人都问,见我的孩子没有?人们叹息地摇摇头,其实大家都知道,二狗把孩子卖了。镇上人经常把多余的孩子卖掉,可这是幽兰的第一个孩子啊。

老头说到这里重重地叹了口气。

我眼前出现一个披头散发的女人,哭泣着拦住每一个人问,见我的孩子了吗?

杀了他!

疯女人突然又出现,她的嗓子已经喊哑,吐出这几个字的时候嘴角带着白色的唾沫,看起来显得更加歇斯底里。

我忽然觉得这个疯女人应该就是丢了孩子的幽兰,而怎样也不可能是无香客栈的老板。

我望着疯女人仇恨而呆滞的眼神，茫然挥舞的剑，想着她丢了孩子的痛苦。问，二狗呢？

2

唉！老头从胸口搓起一团泥，冲着疯女人消失的方向用劲一弹，说，她其实是个勤快的好女人，像狗一样给自己护食，像狗一样认真看家。

杀了他！疯女人的声音从旁边一条巷子里传出来，更加沙哑。

老头又点着一根烟说，一个多星期后，二狗回来了，穿着西服，卡着个眼镜，那怪里怪气的样子让人难受得看见就想踹他一脚。

我冲阿丁瞥了一眼，偷笑。阿丁拉了拉自己的西服下摆，又用手指头扶了扶眼镜，问，那狗日的还敢回来？

老头说，幽兰一见二狗就愤怒地问把孩子弄哪里了？二狗仰着脑袋望着天空问谁的孩子？愤怒的幽兰声音低了，求二狗把孩子还给她。二狗摸着幽兰的脸说，你以后给我生一个，生一个我的，我一定每天把他捧在手里，搂在怀里，谁也不让碰一下。那个狗杂种管他作甚？幽兰痛哭起来，二狗一把拉住她的头发把她拖向屋子里，边走边骂幽兰偷了人还有脸哭，让她管好自己的裤带。

说到这里，老头的脸色有些阴郁。他长吸了一口烟，半天才吐出来。

从那之后，幽兰不再到处问"见我的孩子了吗"，而是整天不说一句话，看见二狗就低下头，见了双全的豆腐店远远躲开，两只眼睛总是空洞地望着远处，精神好像出了毛病。人们看到这么一个水灵灵的姑娘成了这个样子，都觉得惋惜。

麦收之后，镇上组织村里换届选举，多少年来都是这样，谁也没当回事。没想到二狗跑到每一户人家家里，涎着脸让人们投他的票。人们对二狗的举动惊讶极了。选举的那天，他尽管在村委门口不停地转来转去，但根本没有人投他的票。

刚听到老头说二狗拉票我有些担心，害怕村民把他选上，我尽管有些同情他，但觉得他是个畜生。一听说没有人投他票，轻轻吐了口气。

镇上干部一宣布票数，二狗脸当时就阴下来，邻居们和他打招呼他也不理，拨开人群就往家里走。人们觉得他的样子有些好笑。

快进院子的时候二狗解下腰带，进了院子看见骡子劈头盖脸就打。骡子一叫，在屋子里发呆的幽兰尖叫着跑出来。二狗对她说，你不是神经了吗？不说话了吗？他扔下腰带，拿起鸡窝跟前的一张铁锹，狠狠地劈在骡子腰上。

骡子用劲一蹦，挣脱了缰绳，顺着大门奔了出去。

刚从村委散了的人们看见骡子踢翻了路边卖菜的人的一只筐子，朝西边奔去。幽兰哭着追出来。阳光斜照在路边店铺的窗户上和幽兰的额头上，幽兰的额头有些发亮，脸部和身子都一片乌黑，仿佛噩运正在一点点吞噬她。她朝着西边追去，直到消失在骡子掀起的一团团尘土中，人们耳边还在回荡她的哭声，感觉像钻石刀在不停地划一块大玻璃。村里一个拾柴的人在几里远的地方遇到幽兰时，差点没认出她来。她头发乱七八糟披散着，鞋掉了一只，整个人像一个土人。当他认出她来时，她已经不见了。拾柴的人以为她疯了。

拾柴的人回到镇上告诉二狗幽兰从那儿跑过去时，二狗正在一个人喝酒，竟然瞧都不瞧他，只是用鼻子哼了一下。

烟头已经烧到老头的手指头了，他好像还没有感觉到。我从他手里把烟头拿下,老头马上又点了一根烟。

第二天早上幽兰返回镇上时,人们发现她赤着脚,裤腿撕开一大截,跟跟跄跄往前走,好像随时可能摔倒。人们想她大概昨天一夜都没有回。于是许多人惊诧地问,二狗呢?然后又都摇头。自从昨天选举完,一直没看见二狗出来。

有人拍着板凳说,幽兰歇歇吧!她没有反应。

有人端着一瓢水追在她后边说,幽兰喝口水吧!她没有反应。

她那失魂落魄的可怜样子,让人们觉得不光二狗对不起她,仿佛整个镇上的人都对不起她。

人们想起她远在几十里外大山里的爹娘,觉得应该告诉他们,由他们来照顾她,可是没有一个人愿意去干这件事。

她那头大黑骡子早上跑回去了。一位菜贩子说。

这样她会好受些。马上有人反应过来。

人们觉得内疚的心踏实了些。

我也感觉好受了些。看阿丁,他擦了擦眼镜。

可是,幽兰的坏日子仿佛才开始。老头一句话把我刚落到肚子里的心又提了上来。

从那天开始，二狗天天折磨那头可怜的骡子。除了时不时打它骂它，还给它画上可笑的猫胡子，有时给它蒙上眼罩，一整天都不摘下来。有一天幽兰实在看不下去了，问二狗到底想干啥？二狗说因为你偷人，全村的人瞧不起我，我才会在换届中落选，你说呢？幽兰咬着嘴唇愣了半天，眼睛里又扑簌掉下泪来。她不知道该怎样做才能让二狗当上村干部。一晚上，她不停地想。

天一亮，幽兰就去找村支部书记。村支部书记老婆正在倒尿盆，看见幽兰问她要干什么。幽兰一句话也说不出来，嘴里嘟囔了个什么，就赶快退出来。她骂自己没用，用脑袋狠狠撞了几下墙，然后去找村委主任。

从那之后，幽兰不住地去找村委主任。人们在她背后指指戳戳。

一个月后，二狗当上了治保主任。

操！从来不说脏话的阿丁忍不住骂了一句。我也跟着叹了口气，问老头，这下幽兰的日子好过了吧？

好过？老头翻着眼皮问我。

二狗当上治保主任后神气得不得了，脑袋一发热，在村里成立了看田队和巡逻队。我们镇紧挨两条国道，治安一向比较混乱。村里人的地离镇子比较远，每年一到庄稼快要成熟的时节,就开始丢,有的人倒霉,整整一块地里的庄稼被人一晚上就偷完了。所以一到收割的那关键几天,一旦有人开始动手,全村的人马上跟着收割,谁都害怕自家的庄稼收割迟被偷了,有的人家播种得迟,或者种子日期大,也跟着别人一起收割,结果庄稼弄回家里还没熟透。

那成立这两个队不是挺好吗?我和阿丁同时问。

好是好,可是雇人的钱谁出?一来村子里向来没有这笔开销,二来二狗只是个治保主任,说了也不算。

哦,我和阿丁都明白过来。

他的看田队和巡逻队成立不久,双全有一天在街上拦住二狗向他要债。

老头一提这个给幽兰带来噩运的人,我们就跟着问,结果呢?

二狗那时候认为自己是个人物了,双全这样做他觉得纯粹是不给他面子,而且他认为幽兰已经给双全生了孩子,他欠双全的债应该一笔勾销。但因为治保主任的身份,他当时还哈哈笑着说,过几天给双全。结果连夜跑到市公安局告了密。

三天后双全家里赌博时,被市里来的警察一锅端。他们没有走那个豆腐店，直接从四周的墙壁上翻了进去。双全戴着手铐被带出来时，举起胳膊冲围着看热闹的人们说，告诉二狗那个杂种，我不会放过他！

但双全没有再出来，他被判了三年刑，最后死在牢里。

因为啥呢？我问。这时我又为双全惋惜，觉得二狗不地道。

老头摇摇头，没有回答，而是又接了一根烟。

他说，二狗成立看田队和巡逻队后，镇上的治安一下好多了，那一年的庄稼也长得格外好，每亩地比平时足足能多打百十来斤。人们都说多亏了二狗。可是收割完庄稼，看田队和巡逻队要解散，向二狗讨工钱时，二狗付不出来。

这个时候，我开始为二狗担心。他咋办呢？他是为村里做事啊！

是为村里做事。老头冷冷地说。

那些人隔三岔五找他要钱。有一个人当着许多人的面对二狗说，再不给钱我就住到你家吃白面去。

他这也太过分了！阿丁恨恨地说。

二狗一下就甩了那个人一巴掌。他想起当年双全领着人去他家里打扑克勾引幽兰的事情。

狗屎！凭老婆吃软饭的人，让你老婆再去找人要钱呀，或者陪我们每人睡一回，钱我们就不要了！那个人把自己心里想的龌龊东西一下都倒腾出来了。

二狗又扑上去打那个人，两人扭成一团。

许多人去拉架，但实际上拉得都是偏架，有的人抱住二狗让他不能动，有的人还趁机打他几拳，踹他几脚。一些是因为二狗让他们干了活儿不给钱心里有怨气，一些看不惯二狗那个屌样子借这个机会教训他，也有的人偷偷喜欢幽兰替她出气……等他们两人分开时，二狗鼻青脸肿，衣服被撕了一道大口子。

二狗回去之后，就把幽兰的骡子牵到邻村的屠宰房卖了。

啊！我们目瞪口呆。

从那之后，二狗村里的事啥也不管了，他像双全那样开了一个地下赌场。

双全老婆不告发他吗？阿丁问。

告，一直告。

那能开下去吗？

二狗逼着幽兰去找派出所所长。老头说。

我觉得我是幽兰的话要疯了，怎么摊上个这样无耻的男人?

那她不能也像二狗那样去市里告?阿丁继续问。

她连县城都没有去过,哪敢一个人去市里?再说她也放心不下她的豆腐店。老头回答。

双全老婆担心在牢里的男人,一直告状又没人真正去管,心里越来越憋屈,后来就疯了。老头吸了一口烟。街上还是那样安静,太阳却已经到头顶了。

我和阿丁感觉这个镇子安静得让人出不上气来,我希望再次看到那个疯女人,听她嘶哑地喊,杀了他!

二狗开了大概半年左右地下赌场就开不下去了,老头带着一种嘲讽的口气说,因为他手头没钱,虽然每天抽红,但十赌九输,那些输了的人转不开就得借给他们钱,许多人借下一时还不了,越欠越多,最后转不动了。

老头讲完这段故事,西边传来几声悠扬的钟声,不久一群放学后的小学生嬉笑着奔跑过来。

我说咱们一起吃饭去吧?

老头没有推辞,领着我们去了镇子西边的一家小饭店。

3

吃饭时,哪道菜我都尝不出味道,脑海里老出现幽兰、疯女人、双全、二狗的样子。老头却津津有味地夹着花生米喝着小酒。过了一会儿,他脸色红润起来,问道,你们刚才经过三行路了吗?我点点头,想起那个饭店、旅店一家挨一家,却空无一人的荒凉地方。

二十多年前,它号称"小香港"。老头有些自豪地说。我望了阿丁一眼,他好像陷入对往事的回忆中,没有注意到我的目光。

二狗不开赌场之后,拿着讨回的一些债,在公路边盖了一家旅店,叫"香四溢"。

香四溢,我一下想到了山中那座叫无香的客栈。这时阿丁嘴角慢慢荡出了笑意。我猜他当年一定知道这个地方,可能还来过。

二狗开了旅店之后,没有像他想的那样大把往进赚钱,尽管每天一辆挨一辆的大车头尾相接,像一列列长长的火车驶过这里。附近市、县甚至省城的客人也慕名来这里玩,镇上和县里的单位请客吃饭也经常来这里。但那些位于国道交叉口地段的好位置早被那些先开的人占完，一些经常去饭店签单的单位已经有了固定的地方，二狗的旅店又没有好的服务员。老头正说着，一只狗跑进来，在肮脏的地板上敏捷地叼起一块骨头，蹿了出去。

阿丁从往事中醒了过来，接口说道，那个时候，一般慕名而来的人主要是挑旅店的服务员。

老头说，那时候每个老板都挖空心思想雇些漂亮的服务员，为了雇漂亮的服务员，他们跑遍周边所有的县，还去那些交通不便的山区，遇到漂亮的姑娘就高价雇来，到了饭店先给她们洗澡，换衣服，教她们怎样化妆，用不了多长时间，这些姑娘们在周围环境的影响下，就像老板期望的那样开始上班。

老头用"上班"这个词，让我觉得有些古怪。我想象许多打扮得像发廊女一样的姑娘，朝九晚五穿着暴露的衣服向过往的客人招手。

二狗没有生意，看着一辆辆大车停在别人家旅店门口，就乱发脾气，摔盘子砸碗，责怪可怜的服务员和幽兰。一天他又冲幽兰发脾气，怪她是一只不下蛋的母鸡。幽兰冷笑着说，你想让你老婆当婊子就直说，不要如此麻烦。她解开领口的一只纽扣，把胸罩往下拽了拽，径直走到门口，架起一条腿，和服务员一起朝路上的大车司机招手。很快，有顾客走进了他们店里。

从此，幽兰像那些服务员们一样描眉画眼接待客人，香四溢的生意一下火了起来。许多人为了幽兰来旅店吃饭和住宿，每天门前密密麻麻停满了车辆。中午和晚上，不知道得翻多少次台。来得晚了的客人，就得等。二狗的生意越做越大，把旅店加盖了一层。

你们看见路边的那个二层楼了吗？老头问。

我印象中没有见过二层楼的影子，胡乱点了点头。

有了钱的二狗变得财大气粗，他脖子上戴着指头粗的金链子，手腕上是名牌表，肚子越来越大，软绵绵地垂到腰带下面，走路时晃来晃去，经常习惯性地把肚子扶起来，往腰带里面塞一塞。他花大价钱四处寻找更年轻漂亮的新服务员，但好像哪个也没有幽兰那样吸引客人。

老头说这些话的时候，人好像膨胀了一圈，让我觉得他当年是个胖子。而且我眼前出现涂着红嘴唇，脸搽得雪白，脖子上戴着明晃晃的金项链，脚趾甲抹成金黄色的幽兰。但怎样也与无香客栈那脖子白皙，走路留下一阵香风的神秘老板对不上号。这时阿丁用筷子敲着盘子，让老板再来一瓶酒。我看见老头已经把一瓶半斤装的高粱白喝完了。

我望着阿丁脸上的笑容,觉得他当年来了这里,一定也与香四溢的幽兰亲热过,甚至他知道无香的老板就是当年的幽兰。我心里有了一种好像被欺骗的感觉,想把阿丁灌醉。我让他陪老头喝酒,一会儿我来开车。

老头又喝上酒,说话的欲望更加强烈了。他说二狗发财之后,认了许多干儿子,有次一个干儿子说学校里有的同学用小录音机学英语,二狗二话没说,当下领着他去商店里买了一台录音机。这东西当时算个稀罕玩意,一台得五六十块。这件事情传出去之后,他的许多干儿子都说自己需要录音机,二狗一下买了十几台,给每人发了一台。这些孩子拿着录音机,到处炫耀,和人说话时,趁你不注意,猛地按开按钮,放出你刚才说话的声音。后来,二狗不知道从哪里得到的灵感,给每个干儿子定做了一套衣服,上身统一是白底蓝条条的海魂衫,下边是天蓝色的牛仔裤。这种打扮在镇上从来没有出现过,孩子们穿出来之后,让人觉得眼前一亮,像海风吹了过来。二狗还包了一辆车,拉上他所有的干儿子,去北面的山里玩了一天。那时Y景区还没有开发,路不好走,镇上许多老头还没有去过哩!

仿佛为了验证老头的话,一位穿着海魂衫的男孩从饭店门前走过。老头说,你看,当年二狗的干儿子们就是穿着这样的衣服。

4

香四溢的生意真是好!喝上酒的阿丁自言自语道。

后来呢?我问。

后来幽兰遇到了来自京城的画家李甲,阿丁说,李甲当时去Y景区写生,听过往的司机闲聊知道了幽兰的美艳,便跑到三行路去看她。那时幽兰正穿着一条绿裙子,虽然是风尘女子,却浑身雅艳,遍体娇香,像荷叶中的一截嫩藕。李甲一下想到红磨坊中身材丰满、风姿绰约,绿色的缎子拖裙系在臀后,每次走过蒙马特街区都引起一阵骚动的舞女古吕,他马上决定住在香四溢旅店,像图卢兹·劳特累克那样,描绘三行路上的各色人物。第一次他在那里住了十多天,把身上的钱都花完时才带着一叠画稿离开。很快他带上自己手头的所有积蓄又来到三行路,他每天画啊画啊,画那些胡子拉碴、满脸疲惫的大车司机,画那些衣冠楚楚、大腹便便的八方食客,画那些花枝招展、大胆泼辣的女服务员，当然他画的最多的是漂亮的幽兰。他的感觉从来没有这样好过，那一张张带着欲望的脸孔在他的画布上挣扎，绽放，李甲感觉自己上帝一样操纵着这群人的命运。但是这样过了大概多半年，他又没有钱了。在离开香四溢旅店的前一天，李甲选了一张自己觉得最满意的作品，交给了刚洗完头发的幽兰。幽兰打开画作，惊喜地尖叫了一声，马上把画合住，紧紧地抱在胸前。幽兰眼睛里闪出的那种震惊、欣喜、满足、感动的目光，李甲一辈子也忘不了。他把自己锁在房间里，疲惫和成就感一起涌来，他很快进入了梦乡。那天晚上，李甲的房门被敲过好几次，他一次也没有开。天快亮时，他悄悄离开了香四溢。

从那之后，李甲手头一有点钱就去香四溢。每次来了幽兰总是抽空陪他，他们两个待一起不多说话，隔一会儿看一下对方的眼睛，马上又把目光错开。

是啊，那位画家隔段时间来这里住几天，他一来了幽兰招呼别的客人就心不在焉，他们不说话，但幽兰的心都放在他心上了。老头接着说。

二狗不干涉？我问。

他没这个资格。老头说。他的整个饭店都是幽兰挣下的，他也不敢干涉。

我想象幽兰和李甲在一起亲密无间的样子，瞭了阿丁一眼，但我知道阿丁不是画家。

老人把瓶里的酒给阿丁倒了一半，剩下的倒自己杯子里，大大喝了一口，继续说道，几年之后，周围突然建起几条高速公路和一个温泉度假村，车辆和客人一下少了。三行路一下冷清下来，以前一辆接一辆从头看不到尾的车流不见了，尘土飞扬的路两边晾满了玉米、谷物，成群的野狗从路上结伴而过，刨食护坡两边饭店遗留下来的垃圾。即使有几辆大车路过，也轰隆隆驶过这些旅店开向不远处的城里或温泉度假村，偶尔有一辆三轮车或落满尘土的大汽车停在旅店门口，最多要上一盘凉菜、一碗面，然后急匆匆离去。许多旅店撑不下去，老板关了门去另谋活儿干。然后像瘟疫传播似的，越来越多的旅店关了门，这儿也越来越冷清。姑娘们都去了温泉度假村。一到晚上，这里黑灯瞎火的，像墓地一样安静。老头又喝了一大口酒，猛烈地咳嗽起来，他使劲用拳头捶胸脯。鼻尖留下一串清鼻涕，赶忙用手背擦去。接着眼睛里冒出泪花来。

这时Y景区开始大力开发。阿丁接着说。

二狗和幽兰的香四溢也关了门。老头忧伤地说。他们搬回了镇上，二狗无所事事，喜欢端着一个大茶缸，在院子门口的照相馆前看下棋，经常一看就是一天。他肥大的肚子仿佛驼峰一样能储存能量，中午也不回家吃饭，而是一根接一根抽烟。镇上人一般抽的是两三块钱的桂花、公主烟，二狗却只抽一个牌子，十元钱的红塔山。每次他掏出烟，总要给周围抽烟的人每人发上一根。他那些干儿子簇拥在他周围，他像一位打了胜仗的将军。

一块乌云飘过来，像给天空拉上了一道黑色的窗帘，金色的阳光不见了。一只蚂蚁爬上了饭桌。

要下雨了。阿丁说。

老头又用手抹了一下鼻尖，他的泪花鼻涕越来越多，还不断地打呵欠。

他累了。我心里想。

二狗这样下去也不错呀？阿丁用带着讽刺的口吻问。他挣的钱应该足够他这辈子花了！

要是这样下去，肯定够花，下辈子也花不完。老头说。可是他有一天又走进了赌场。老头的手抖了起来。自从二狗不干这事之后，镇上不断有人接着干下去。二狗进了这种赌场，人们像财神爷一样供着他，他寻找了多年的被人尊敬的感觉现在有了。二狗又开始狂赌，就连赌资一块、两块的那种最小的赌局,他也感兴趣,可以一局接一局玩下去。记不清哪天他困到极点的时候,接过了别人递过来的一支香烟,吸上之后,非常来劲。从此,二狗不抽红塔山了,换成抽这种烟。他不差钱,就像抽香烟那样一支一支抽这种烟。有人说这是几个家伙谋划好了给二狗下套。反正,二狗很快瘾大了,抽这种东西顶不住,开始买料面,像镇上那几个瘦得不像人的吸毒鬼一样,用烧红的铁丝烫好,卷上纸币吸溜。老头说完又用手抹了一下鼻尖,手抖得更厉害。

幽兰不管他?我问道。

幽兰?她和他的画家朋友在山上建客栈呢!阿丁说。李甲请了许多搞建筑、设计、雕塑、美术的朋友帮助幽兰设计客栈。

不光是建客栈吧?她还帮着那个痞子在北京开画展呢!老头插了一句。

这你也知道?阿丁问。

老头擦了一把鼻涕抹在桌腿上。都在吃幽兰。他说。

阿丁不自然地笑笑,想分辩什么。

我问,画展成功吗?

那狗屁画,谁喜欢。老头说。

真正的艺术品几个人能欣赏了？阿丁叹口气。

老人忽然大声笑起来。他说二狗吸毒吸得越来越厉害，他的钞票哗哗往外流。有一天，他正吸足了料，神采奕奕地掷骰子，忽然幽兰站在了他面前。老头的话顿住了。

怎样了？我拿起空杯子和老头手中的酒杯碰了一下。

幽兰说她要走了。老头忽然大哭起来。

我顿时手忙脚乱，不知道该怎么办好。阿丁换了座位，坐到老头旁边，拍着他的肩膀，一张一张给他递餐巾纸。老头越哭越伤心，在哭声的间歇中，他说道，二狗从来也没有想到幽兰会离开他，他根本离不开幽兰啊！

但幽兰早已离开了他，从他把她的孩子卖掉那天，她就已经离开了他。阿丁冷冷地说。

老头的哭声渐渐止住了，他自己拿起一张餐巾纸胡乱在脸上擦了一下，碎纸屑挂在他脸上像几粒吃饭不小心粘上的大米粒。他用红肿的眼睛望着我问，你能借给我一百块吗？买点药。看到我有些惊诧，他赶忙改口道，五十也行，我下午就还你。阿丁掏出一百元，甩在桌子上。老头拿起来慌慌张张走了。在一旁瞧着我们的饭店老板说，你们又让他把钱给骗走了，又吸去了！

我问他，你知道那个叫李甲的画家吗？

怎么不知道，画的画比鬼都难看，都在骗幽兰。

不是骗幽兰。阿丁说。

饭店老板用劲咳起一块浓痰，去门口吐去了。

我把目光转向阿丁，问为啥李甲后来没有和幽兰生活在一起？

阿丁摇了摇头。

我们出了饭店，我调转车头往山上开去。刚出镇子，下起大雨来，雨水模糊了车玻璃，我听见那些破败的屋檐瀑布一样哗哗往下流水……

巨大童年

童年是每个人永远的子宫,恐惧、寂寞、孤独时,它是最安全的地方。

——题记

1

金小丁父亲和金小丁他们走到村口,忽然说,你们走吧,我去底下开门。

一只二踢脚升上天空,寂寞地响了两声,掉下些黑色的碎屑和半个纸筒，落在结冰的水洼上，火药味儿在空气中弥漫。金小丁狠狠地踢了一脚纸筒。铺子晚开会儿有啥关系，毕竟母亲是要去太原看病！

父亲没有等他们做出反应，便把手臂举起来，举到一半以后却无力地停住，颓然地挥了挥，像同他们告别，又像打发他们赶快走。这让金小丁想到旗升一半后突然被什么东西挂住的样子。

在村里，没有人生病直奔省里的大医院。一般都是在镇上的诊所买点药，不好的话再去县医院，再不好就打听各种偏方，最后实在不行，才去省城检查。这个时候，基本上99%是癌症。在医院里待上几个月，把家里积蓄花净，再向亲戚五六借遍，然后奄奄一息被拉回家准备后事，打发亡人后，家里人辛苦攒钱还债。

金小丁的母亲也经历些许这样的环节。诊所、县医院、中药、偏方……七七八八大约耽搁半年时间，人变成了骨头架子。做完胃镜，医生说得去太原检查。金小丁他们的心马上都凉了，怕去太原，还得去太原！

金小丁记得那天母亲一回家，马上就咧开嘴哭了。她蜷缩在墙角，头埋在膝盖上晃着说，不去太原，不检查了，检查也是白检查。她那恐惧无助的样子像金小丁，像他父亲，像他们一家人的反应。当时金小丁嘴硬着说，去吧，什么病得检查清楚。母亲说，拿什么看啊？父亲结结巴巴说，去吧，咱卖房也得给你看。

那几天，家里每天像战争，围绕看还是不看。

争争吵吵好几天，好不容易把母亲说动，父亲却逃跑了。

金小丁暗暗生着父亲的气，扶着母亲过柏油公路，跨过排水沟时，看见里面扔着条黑色的死狗，瘦瘦的尸体上毛一缕缕散开，眼睛已经成了空的。他们在经常等车的派出所门口停下，父亲不见了。他不应该走这么快。

金小丁和母亲都没有提父亲，而是把目光望向县城的方向。虽已立春，天气还是冷，没有生气的柏油路把村子、旅店与锯木厂、水库分开，视野之内光秃秃得全是槐树、杨树、柳树。有车过来，马上掀起冷风，母亲的身子发抖，像刚出窝的小鸡。金小丁把母亲扶到锯木厂前一棵枯树干上坐下，离公路稍微有了点距离，汽车驶过扇起来的风不太大了，母亲却还是把身子缩成一团。她的冷传染了金小丁，他也开始抖起来。

大约过了半小时，过来辆车，是依维柯。金小丁和母亲都走过去，同时问，去太原，多少钱？车门缓缓滑开，二十,卖票的女人回答。金小丁还价,十五。后来他想起来觉得自己很蠢,都啥时候了还讲价。卖票的说,最少十八。金小丁用商量的口气对母亲说,就坐这辆吧?母亲摇摇头,用无力但坚定的语气回答,咱们坐这种车干啥?说完,往路边退。

那个年代,去省城有两种车,依维柯和小巴。依维柯快,价钱也贵,像现在的高铁。

金小丁和母亲又在路边等。天气很阴郁,像看不见的愁绪在弥漫。人们还没有从春节消闲的气氛中恢复过来,路上冷冷清清的,虽然是早上,给人的感觉却像傍晚。

过了会儿,又来一辆车。还是依维柯。

金小丁说,咱们就坐依维柯吧?他已经后悔没有坚持坐第一辆车,如果坐上,最起码走四分之一的路了。母亲摇摇头,钉子样钉在那个枯树干上。

这时金小丁看见有个女人走过来。她戴着船形帽,白色的口罩遮住大半个脸,露出的额头白皙光洁。他眼前一亮。女人的大眼睛眨了几下,金小丁感觉春天睁开了眼睛。她似乎不怕冷,穿着薄薄的呢裙子,下面是黑色的打底裤和黑色的高跟鞋。高跟鞋敲打在公路上,仿佛秒针在嚓嚓地走。金小丁心跳加速,还隔着段距离,就闻到香味儿扑鼻而来。她斜挎在肩上的牛皮包荡来荡去,拍打在丰满的臀部上,像在挑逗人。金小丁认出她是"大仙",村里只有她的臀部好像会说话。金小丁想起村子里人们关于她不正经的种种传说,脸有些微微发烫。

大仙伸出手挥了挥,依维柯便听话地在她面前停下。大仙没有搞价钱,直接就上了车。金小丁冲动起来,大仙都坐依维柯,为啥他们不能坐呢?便走上前去,招呼母亲。母亲坐在枯树干上,无力地慌乱摆手,像随时能被风吹走的枯叶。售票的盯着金小丁问,坐不坐?女人已经在靠近车门口的座位坐下,摘下口罩,果然是大仙,她皮肤又细又嫩,看起来比母亲至少年轻十多岁。浑浊的混杂着人体气息的暖风扑到金小丁身上,他好久没有闻到这健康的气息了,不由深深吸了几口,从这缕气息中,金小丁闻到股甜丝丝的香味儿,他想这一定是大仙的。他想马上上车,与这些人坐到一起,然而瞧了瞧母亲,只好窘迫地离开。

公路边恢复了安静和寒冷,好长时间没有车来,金小丁有些急躁,又在想假如坐上第一辆,怎样也走到半路了;就是坐上第二辆车,也走不少路了,像这样等下去?心里不由得开始埋怨起母亲来。

这时，忽然有辆小巴驶过来。红色的车身点缀着金黄的圆圈，金小丁和母亲顿时心里暖洋洋的。金小丁在前，母亲在后，迫不及待地往过走。金小丁怕母亲摔倒，回过头来扶住她。车在他们前面停下，圆头圆脑，憨厚的样子，发动机嗡嗡响着。母亲扶着车门问，去太原多少钱？因为病得久，她的声音几乎在嗡嗡，金小丁站在旁边也听不清，不用说卖票的。他便大声问，去太原多少钱？卖票的回答，十三。金小丁松口气。母亲却还价，每人十二，边说边伸出手指比画。售票员猜出了她的意思，伸手招呼他们上。母亲又重复一句，每人十二。

金小丁把提包递给卖票的，扶着母亲上车。她的屁股满是骨头，瘦得硌手。忽然母亲停下来，着急地喊了句。金小丁跟上去冲母亲的声音看过去，父亲垂着头，串在麻绳上，被警察牵着，向派出所走去。

母亲慌乱地转身要下车，金小丁小心地扶着她。卖票的不耐烦地把他们的行李递下来，司机发动车。金小丁似乎听到车上传来咒骂声。他想，幸亏大仙没在这车上，他似乎看见大仙已经到了太原，冲他们微笑。

串在绳子上的人有狗毛、二日、三红头，金小丁马上明白父亲被抓赌了。父亲从来不耍钱，再说他去街上开店门了，怎么就被抓了？金小丁心里火焚焚的。

母亲急急忙忙朝父亲走去，脚下没有力气，打了几个趔趄。金小丁赶忙扶住她，说，慢些，慢些。母亲踩到什么东西，脚滑了一下，金小丁提了她一下，母亲已经轻飘飘的，像件薄棉衣。脚下踩的是他刚才踢过的半截纸筒，金小丁又狠狠踢了一脚。

金小丁和母亲到派出所，屋里已经站满人。胖乎乎的警察一宣布完处理结果，人们就蜂拥而上，像抢购什么便宜的处理货。母亲着急地扯了扯金小丁。金小丁掏出50元挤向警察。金小丁不明白父亲为什么不来送母亲，也不去开铺子，却去看耍钱的。

金小丁交钱后，父亲低着头跟在他们后面出了派出所。他仰起头想要解释什么，正巧有辆依维柯驶了过来，母亲果断地伸手拦车，金小丁也伸出手去。太原，二十，卖票的说。母亲没有还价，抬脚往车上走，金小丁赶忙扶着她上车。他们都上车之后，卖票的帮他们找座位，司机发动车。金小丁回头看，父亲站在公路旁，眼圈红红的，眼睛里似乎有泪。他鬓角里的几根头发冒出来，在无力的春光下看起来有些透明，使他整个人虚幻起来。车发动了，父亲挥起手来，这次他的手臂扬得很高，依维柯已经走出很远,他的手还挥着。那一刻,金小丁觉得父亲很可怜,仿佛被遗弃了的孩子。

2

母亲住进肿瘤医院,化验血,做胃镜,做切片,父亲一次电话也没有打过来。

以前金小丁害怕什么事情,总是躲,尽管知道躲避任何问题也不会解决,却还是躲。现在他从父亲身上看到了自己的影子,或者说发现自己爱躲的毛病遗传自父亲,但在这样天大的事情面前,父亲还在躲,金小丁有些难以想象。他故意不打电话给父亲,他不相信父亲能憋住,况且打了父亲也帮不上什么忙。

做手术前一天,需要直系亲属签字,金小丁给父亲打电话。父亲在电话那头结结巴巴,半天一句完整的话也说不成。金小丁的心乱了,他说他签字吧。父亲马上哭了,哽咽得接下来的事情根本没有办法交流。金小丁只好告诉父亲做手术的时间是下午三点,挂了电话。

母亲躺在病床上,喃喃地问,你爸爸会不会来?来了也帮不上什么忙,让他别来了。母亲这样说,金小丁知道她盼望父亲来，他也希望父亲能来。

母亲躺到担架车上，被推进手术室的那一刻，还盯着门口。手术室的门被关上的一刹那，金小丁全身空了。他坐在走廊天蓝色的椅子上，盯着对面虚白的墙。墙上布满细小的颗粒，金小丁觉得每个颗粒记录着个死人，他突发奇想，假如颗粒是偶数，母亲就会没事情。金小丁一颗一颗数起来。

晚上，金小丁给父亲打电话，告诉他母亲手术很顺利，医生说再化疗一星期就可以回家了。电话那头，父亲的声音轻快起来，不结巴了，他再三叮嘱金小丁照顾好母亲，问他要不要来了？金小丁说不用了。他响亮地"噢"了声，金小丁觉得他回应得太欢快了。

一星期很漫长，已经过完元宵节。医生停药，观察两天，告诉金小丁他们可以出院了，过半个月再来化疗。

这期间，父亲还是没有电话打来。金小丁想反正回去要见面，便没有告诉他回去的具体时间。

到了汽车站，买票时母亲叮嘱金小丁千万别买依维柯的。他们坐上普通大巴，摇摇晃晃往家里赶。车不停地停下来，捡沿路的乘客。母亲的呼吸不通畅，隔会儿喉咙里就分泌出白色的黏液，车每次停下或发动，她就大声咳嗽。卖票的给了她一个塑料袋，不一会儿就沉甸甸的，像有许多条缺氧的小鱼在挣扎。

远远地看见村口的那棵大柳树了，已经微微有些绿意。金小丁说，派出所门口停。车往前走，他忽然看见父亲穿着棉衣站在路口伸长脖子盯着这边看。车缓缓减速，父亲的棉衣黑得发乌，深一块，浅一块，像浸到不同层次的黑颜料里染过似的。他明显老了，布满皱纹的脸又黑又脏。

车停稳后，父亲凑过来。金小丁不知道是否每一辆车父亲都这样看。他喊爸爸，看见他的头发、胡子、眉毛都奇怪地卷曲着。父亲看到他们，咧开嘴笑了，脸像皱巴巴的馒头上爆开裂子。母亲把手里装满痰的袋子扔到地上。父亲说，东西掉了，忙埋头去捡。母亲说，别捡，是痰。父亲没有听清楚，把袋子捡到手里后，大概才听到母亲的话，也看清楚了手里的东西，用劲把它扔到路边的排水沟里，尴尬地笑着说，我估摸着这几天你们要回来，每天来看看。然后问母亲，好了？母亲说，哪能这么快，过半个月还得去。父亲脸上的笑容马上冻结了，但不到三秒钟就说，说不准过半个月就不用去了。

回到家里，到处都是尘土。母亲拿起布子去擦，金小丁拦住她。父亲说，我去街上买吃的。金小丁跟着父亲往街上走。巷子里空荡荡的，没有人，几只鸽子在屋顶上啄东西吃。金小丁不知道它们能吃到什么。

父亲迟疑地问，你妈真的是癌？

嗯。

父亲不说话了，忽然伸出手来抓住金小丁的手。多少年了，父子俩没有这样握过手。金小丁感觉父亲的手在他手里抽搐，挣扎，哆嗦，像掉在水里的老鼠抓救命的东西，金小丁的心哆嗦起来。

两个人手拉着手往街上走。金小丁闻到父亲身上有股呛人的烟煤子气味，他不明白他又干啥了。

到了街上，他们两个才把手分开。

金小丁问，铺子一直开着？开着，父亲说。买卖好吗？父亲扭了扭脖子说，就那样。

父亲前边走，金小丁跟在后边。一进铺子，金小丁忽然感觉非常黑，这种黑不是从明亮地方进了阴暗地方的自然黑，是直接走进黑暗的黑。然后金小丁闻到呛人的烟煤子味，比父亲身上的那种味道更浓烈。接着他发现顶棚、墙壁、货架都黑乎乎的。

他疑惑地望着父亲。

父亲望着金小丁喃喃说道，我命大，要不那天就烧死了。你妈做手术前一晚，家里着火了。金小丁吃惊地问，怎样着的火？父亲说，有个烟头扔到火炉旁的塑料盆里，把旁边的纸箱子点着了。我发现弄灭后，家就熏成这样了。

金小丁听着心惊肉跳，他想祸不单行，但想到父亲没被烧死是好事，母亲应该也没事。假如那天火真的着大了，父亲不用说烧死，即使少个什么东西，接下去的日子怎么办？

这样想着，金小丁仿佛看见那晚父亲接完他的电话，心事重重地在屋子里转来转去，不停地抽烟，大声咳嗽着，烟蒂扔得满地都是。一颗烟头不小心扔到塑料盆里。他累了之后，躺到炕上半天睡不着。烟头点着盆底的塑料，发出刺鼻的味道，然后塑料盆缓慢地燃烧着，点着了旁边的纸箱，房间里多了焦煳味儿。父亲没有闻到，也没有看到那微暗的一隐一现的火光。熬得累极了，父亲终于睡去。火慢慢大起来，有了浓烟，火苗嗤嗤地响。父亲以为自己在做噩梦，翻个身继续睡。猛地被恐惧惊醒，蹿起来后，看到满屋火光，拼命扑打起来。火继续燃烧着。父亲害怕把房子点着，什么也不顾，把炉子旁的水瓮搬倒，拧开上面的水龙头，烟和水汽冒了上来，火渐渐小了，灭了。

父亲打开炉盖看了看里面的火,加了两块炭,然后拿起扫帚,扫炉边的灰。金小丁心里抽搐着点根烟给父亲递过去。父亲接过烟说,房子熏黑了,得好好收拾一下。这几天我还想,要是你妈有个三长两短,收拾这屋子有屁用,我还不如当晚烧死。

父亲又在说死。金小丁火了。他说,大家都好好的,动不动死什么啊?

父亲不言语,长长吸了口烟。

第二天,母亲要来铺子里看看,金小丁和父亲阻止她。怕累着她,也怕她看到屋子这样子心疼,但母亲坚持要来。

她看见黑乎乎的屋子,果然心疼,吸溜了下嘴,问着火了?父亲点点头。还好,人没事就好,火烧十年旺,母亲很认真地说。金小丁的心抖了抖,跟着说,火烧十年旺。

那是金小丁他们家最后一次一起动手收拾屋子。父亲刷顶棚和墙壁,金小丁擦洗货架上的东西,母亲非要去洗熏黑的被褥、衣服。金小丁和父亲阻拦她,她不听。因为身体弱,母亲洗洗就得歇会儿。金小丁劝她,一劝,她仿佛为了证明自己没事儿,反而更加用力了。金小丁看到母亲这样,侥幸地想她或许真的没事了,尤其是父亲看到母亲这样干活儿，黑黑的脸上泛起了笑意。

还没到十天头上，母亲吞咽东西又困难了，金小丁想起医生说的过半个月再去化疗。当时医生说时他觉得间隔时间太短，现在却觉得半个月时间太长了。每天看着母亲吃不进东西，飞快地瘦下去，金小丁担心这五天时间病情再次恶化。

好不容易熬到半月头上，一早起来金小丁就和母亲去太原。他以为这次父亲要送他们。

可是父亲连公路上也没去。一出家门就说，我去底下开门。说完后，他有点尴尬，大概想起了上次的事件。金小丁为父亲害臊，这个点儿开门，哪有人买东西？

母亲转过身来，盯着父亲说，你一个人照顾好自己。母亲瘦得脸上只剩下大眼睛，她的话显得格外认真。父亲转过脸去，眼圈红了。金小丁扶着母亲去等车。

母亲说，依维柯……

金小丁打断她的话。看病多少都花了，还计较这几块钱，赶紧走吧。

母亲伤心地哭起来，不肯往前走了。金小丁知道自己说错话了，边给母亲道歉，哄着她往公路上走，边心里责怪父亲不来。

那之后有半年多时间，金小丁每隔半个月陪母亲去医院化疗一次。父亲没有陪母亲去过医院，也没有送他们等过车。倒是大仙经常遇到，每次见到她，金小丁就想起关于她的那些传说。大仙像和他们生活在两个世界，丝毫不见老，母亲却憔悴得不成样子了。金小丁不知道大仙去太原做什么，她从来不挑车，也从来不还价，有几次他们还坐了同一辆车。每次大仙看到金小丁和他母亲都客气地微笑，金小丁觉得大仙人挺不错的，不知道人们为啥那样说她。但母亲不喜欢她，说她钱来得容易，花得就随便。

最后一次化疗完之后，金小丁和母亲都明白好不了了，便带回一堆药，想别的办法。

母亲回家后，躺在床上下不了地。瘦成一张皮的脸痛得七扭八扭，仿佛能看见下面的骨骼在挣扎。金小丁租来氧气瓶，买回杜冷丁，父亲找木匠割棺材。

父亲每天吃完饭，例行公事似的问母亲，好点没有？也不等母亲回答，可恨地抹抹嘴出去和木匠打招呼。

那些天，金小丁家养的狗整天狂叫，夜晚也不安宁。金小丁怕把割棺材的人咬伤，把它牵到废弃的猪圈里拴起来，它还是不停地狂叫。邻居们说，这样的狗打死算了。

一天晚上，金小丁和父亲正在吃饭，狗不知道怎样拼了命，挣脱铁橛子，带着铁链子撞开门冲进来，跳到炕上，默默地注视着母亲。母亲用劲欠了欠身子，对狗说，狗，我瘦成这样你认不出我来了吧？

父亲的眼圈马上红了。

金小丁的眼圈也红了。

狗低哼几声，像在答应。往前凑凑，卧在母亲旁边，边摇尾巴，边舔母亲的手。金小丁把狗牵下去，重新拴好。它一声不吭了。

第二天，母亲把父亲和金小丁叫到跟前，从枕头下拿出个小本来，说，这是咱们看病借别人的钱，我死之后你们一定要还上。

父亲说，你说些啥话哩？

母亲笑了，我死了就不拖累你们了。

金小丁哭了。

父亲擦擦眼睛，走出去。

第三天，金小丁守在母亲旁边迷迷糊糊，忽然听见母亲喉咙里轻微一声响，他醒过来，看见母亲脖子一歪，眼睛闭上了……许多东西从金小丁脑中轰隆而过，他从炕上坐起来，轻飘飘的，仿佛自己的魂魄随着那一声轻微的响飞走了。想哭，却哭不出来。

他怨恨地想着父亲，飘出家门，站在台阶上冲过路的人喊，叫叫我爸爸，我妈没了。说完这句话，金小丁号啕大哭起来，觉得这个世界上只剩下他了。

过了不到三分钟，父亲跌跌撞撞跑回来。他人还在院子里就喊金小丁的名字，你妈呢？金小丁只是哭。

父亲进了屋子，看见一动不动的母亲，身子就出溜在地上，放声大哭。他的哭声悲痛而放肆，像憋了许久的洪水终于冲开了闸门。父亲的哭声打断了金小丁的哭声，他望着父亲随着哭声流淌下来的鼻涕、眼泪，感觉悲痛好像有了质感，沉甸甸的，把人坠得想躺在地上不动。他原谅了父亲半年多的躲避、退缩，想搀扶他起来，可是父亲软得像刚煮出锅的面条，怎样也扶不动，而且身子开始抽搐。他的头发从鬓角开始，往上走，一块块白了。父亲感觉不到自己头发的变化，只是恸哭。金小丁呆呆地望着父亲头上发生的变化，想做点什么，却无能为力。眨眼间，成群的苍蝇飞进来，围着母亲打转，放肆地落在她身上每个部位。金小丁身上开始发痒，比母亲看病时更厉害的寒意从身体各个毛孔渗进去。他站起，打开门窗，正是中午，门口有大团的黑影。他感觉很冷。

3

打发完母亲之后，父亲连续几天不说话，饭也不怎么吃，只是默默地流泪。金小丁害怕他想不开，又不知道怎样开导，只能每天陪着他。门口牌位前摆着母亲的遗像，非常慈祥地望着金小丁，仿佛叮嘱他把父亲照顾好。

父亲手里总是拿着母亲生前记账的那个小本，翻来翻去，像翻一座大山。金小丁想把它悄悄藏起来，可是不敢，害怕父亲找不到小本发疯。

金小丁看到满头白发的父亲成天一声不吭，毫无办法。他经常望着窗外被电线划得七零八落的天空，想变成一只小鸟，狠狠地冲破这些烂玩意儿，冲到那遥远的蓝处。

几天之后的一个中午，又到吃饭时间。金小丁正在发愁，忽然听到狗叫。一抬头，看见大仙站在大门口张望。金小丁想到正月里他和母亲在寒冷的公路边等车，她却拦住依维柯毫不犹豫就坐上去，有丝怨恨涌上来。大仙却友好地对他笑笑，问，狗拴着吗？金小丁像身上刚炸起毛被抚摸了一把，喝了声狗，问，有事？大仙笑笑说，过来看看。

父亲看到大仙，没有反应，翻那个小本本。金小丁觉得有些难堪。大仙却没有感觉到似的，满面笑容亲切地叫父亲金哥，金小丁听到，身上暖呼呼的，父亲却依旧毫无反应，继续翻那个画得乱七八糟的小本。金小丁为父亲发窘，要为大仙倒水。大仙拦住他，说刚在家喝过。她身上浓郁的香气像有温度似的，让金小丁感觉到久违的温暖。他正要说点什么，不让大仙尴尬，大仙却拉了把小板凳坐下。她比金小丁和他父亲顿时矮下去，金小丁对她产生种莫名其妙的好感。

大仙坐定后，从包里摸出一百元钱。嫂子病了本打算早来看看，但总被些狗七猫杂的事情拖着，竟耽搁了。大仙说。

金小丁涨红脸，忙摆手说不要。

我们能帮什么忙？父亲竟瓮声瓮气说话了。

金小丁大吃一惊，不相信似的望着父亲。

这时大仙脸上的表情生动起来。她站起来，腰肢一扭一扭到了父亲跟前，贴着他的耳朵窃窃私语。她的脸是那么白，那么嫩，虽然有皱纹，但能清晰地看见额头皮肤下青色的血管。父亲的脸与她相比起来，又黑又瘦，粗糙得

巨大童年　127

像搓澡的老丝瓜。

金小丁的脸忽然变红,刚对大仙产生的好感消失了,他扭身去了外屋,在母亲的遗像前站定。

母亲定定地望着他,眼神有些忧郁。

金小丁剥了颗糖,放在母亲遗像前,用眼镜布拭了拭上面的灰尘。

大仙一扭一扭出来了,父亲跟在后面送她。

父亲送走大仙,在院子里抱柴,捣炭,问金小丁想吃什么?金小丁心里一热乎,说面。说完面,赶紧去接父亲手里的东西。父亲说,你累了几天,歇歇,我来吧。金小丁感觉父亲比前几天轻松多了。

吃完饭,父亲穿外面的衣服。金小丁问,要出去?父亲回答,去铺子里看看。金小丁感觉堵在父亲心头的那道堤堰开始出现一道豁口,他对大仙感激起来。

金小丁收拾完东西,往街上走去,远远望见父亲坐在铺子门口的水泥台阶上,盯着天空发呆。等他走近,父亲说,这顶个球用,你看着。他站起来走了。

金小丁走进铺子,望着能照见人影的货架,想起门可罗雀这个成语。整条街上都是开铺子的,买东西的人却越来越少,他印象中热闹繁华的情景好多年没见了。镇上日渐萧条。开铺子的人三五成群下棋、打扑克,太阳生锈似的一动不动,胡椒眼门窗上的颜色却日渐黯淡下去,黢黑的瓦房屋顶上都长出了青白色的瓦松。隔壁已经买了货车,主动去下边村里送货。

半下午,铺子里进来位西服袖子挽起露出红秋衣的顾客,掏出一次性打火机说里面的气用完了,要换个新的。金小丁生气了,说,这是一次性打火机,他把"一次性"拖得长长的。不换?红秋衣说,你隔壁铺子里给换。金小丁说,他换你去找他。红秋衣愤愤不平地去了隔壁。金小丁纳闷,隔壁铺子的老板疯了,会给用完气的一次性打火机换新的?他走到门口。几分钟后,红秋衣出来了,他看见金小丁,示威似的掏出包烟,用牙齿叼出一根,把打火机掏出来,故意甩了甩,点着。金小丁不明白隔壁为什么这样做。

父亲到底干什么去了,还不回来?金小丁想。

剩下的时间他在焦虑不安中度过,再没有顾客进来。

天黑透之后,金小丁忽然听到门口传来沉重的脚步声、喘气声。门开了,又关上,插门闩。

金小丁拉开院里的灯，看见父亲把个黑乎乎的东西放下。拴在梨树旁的狗大叫起来。父亲大声呵斥几句，又不杀你！

金小丁发现父亲放在地上的也是只狗，狗头和身子卷在一起，有圈黏糊糊的东西。金小丁刚要问什么，父亲朝他摆摆手，扛起狗朝屋里走去。父亲的络腮胡子上溅了几点血，像个凶恶的杀人犯。他进来后，金小丁问，你要干什么？父亲把狗放到地上，拿来洗衣服的大铁盆把它放进去。谁家的狗？金小丁问。父亲摆摆手，找到菜刀，用劲剁起狗头来。那圈黏糊糊的刀口那儿有毛和皮，父亲每剁一刀它反弹一次，有血溅到父亲脸上。剁了几下，父亲扔下菜刀，拿来剪子，捅进狗肚子里，然后剪起来。狗肚子里掉出一堆热乎乎的东西，还在冒气。然后父亲像揪被拉锁夹住的衣服那样使劲揪狗皮，嗞嗞的声音让人头皮发麻，一段白花花的身子露出来。蹄子和头那儿比较费劲，父亲把膝盖跪到狗身上用劲儿揪，一张皮剥下来了，父亲浑身都是血。金小丁看得目瞪口呆，这是连鸡都不敢杀的父亲吗？

父亲把剥下来的皮放一边，往盆子里加水。金小丁问，你要干啥？

父亲问，这是啥？

金小丁回答，狗。

父亲说，肉。他把狗洗干净，扔进大锅里，开始煮。

金小丁问，你杀的？

父亲翻锅里的肉。水开了，香味冒出来。父亲调小火说，让它慢慢炖着。然后他开始洗脸，洗头，洗衣服，血腥气在屋子里弥漫起来，最后和肉香混在一起，后来，肉香越来越浓，盖过了血腥气，钻进了金小丁的梦乡。

第二天早上，餐桌上是一盆肉和大馒头。父亲说，尝尝怎样。金小丁夹了一块小的，小心翼翼放嘴里，有丝淡淡的狗腥气，但香。父亲说，第一次煮，以后会煮得越来越好吃的。金小丁惊讶地望着父亲。父亲说，卖狗肉一定不错，还没人干这个。金小丁问，大仙让你干这个？父亲不回答，吃完饭，父亲把肉放到两个大桶里，架到自行车上卖去了。

金小丁父亲杀狗越来越娴熟。很快村里的人都知道他卖狗肉，来他家买肉的人络绎不绝，大家觉得狗肉好吃，不腻还大补。

金小丁父亲不怎么打理铺子了，一有时间，就去寻狗。以往，街上到处可见流浪狗，墓地里、河滩上、垃圾堆上狗更多。几个月过后，这些地方几乎看不到狗了，人们都说让金小丁父亲杀了。金小丁父亲不承认，也不否认，只是露出黄牙嘿嘿笑着。但是，只要有人和他一说哪里有狗，他马上奔去。无论多凶的狗，见到他马上就夹紧尾巴，有的当场就流出屎尿来。家里的那条狗一见他就蜷起尾巴，簌簌发抖。晚上他从巷子里穿过时，所有院子里的狗都不敢发出一点儿声音。人们说他身上有杀气。

很快，金小丁父亲找不到流浪狗了，他开始收购人们家里养的老狗、病狗。金小丁望着每天疲于奔命找狗的父亲，想起他以前那种胆小、怯懦的样子，觉得像变了个人。

4

大仙又来找金小丁父亲的时候，没进大门就老金、老金叫着，仿佛和他非常熟悉。金小丁不了解那次之后父亲和大仙再接触过没有，但他知道有些人和人们打一次交道就熟了，大仙可能就是这样。

父亲听到喊声出去。他们两人神秘地在院子里说了几句话，大仙就走了。

金小丁父亲回了屋子,说明天要去太原。金小丁问,大仙走了?走了,金小丁父亲说。去太原干啥去?金小丁问。他想母亲看病住院做手术时,父亲一次也没有去过太原,现在去太原干什么?父亲显然不愿面对金小丁的疑问,把头埋在碗里使劲儿扒饭。

饭后,金小丁抢着收拾东西,他想弄清楚父亲到底去太原干什么。父亲看见金小丁收拾,马上说他去铺子里看看,就走了。明显是躲金小丁。

第二天,父亲去等车时,金小丁要送他,父亲坚决不让。金小丁等父亲走了几分钟后,从后面跟上。父亲到了派出所门口停住,四处张望。金小丁心酸起来,想起和母亲去太原的那些日子。他想找个地方躲躲,看父亲坐啥车,和谁去。忽然听到路旁院子里传来推牌九的声音,他走进去,看见一屋子的人,狗毛、二日、三红头几个人都在玩。金小丁走到窗口,看见父亲已经和大仙站在一起,他们中间大概隔着三五米的距离,互不说话。金小丁奇怪,他们明明是约好的,为何不说话?

白色的依维柯驶过来,大仙和父亲先后上去,他们没有犹豫,没有还价。金小丁感觉什么东西丢失了,他扭回头观察屋里,人们正在推牌九,根本没有人注意父亲和大仙。

金小丁怀着失落的心情去了铺子里。整个上午没有顾客，金小丁百无聊赖地把所有的东西擦拭完，就没事可干了。他想起自己陪着母亲输液，点滴一点一点往下掉时，父亲和自己现在一样，无聊地坐在铺子里等顾客，还在担心母亲。他想父亲从来没有出过远门，现在跟着大仙去了太原到底干什么？这个念头弄得他心神不宁。

那天很晚父亲才回来。一进家，跑到水瓮前舀出一瓢凉水，大口喝了起来。金小丁问，怎么这么晚才回来？父亲没有回答，又喝了几口水，才喘着气回答，总算赶上最后一班车了。

没吃饭吧？金小丁问。从锅里把热了好几次的饭端出来。父亲不回答，脸上却出现掩饰不住的兴奋，把两只手在裤腿上擦了擦，拿起馒头来。

金小丁想问问大仙带他到太原到底干什么。因为有人说她贩毒品，有人说她贩娃娃，有人说她做那个，他害怕父亲跟上她出事。但看到父亲开心的样子，不忍心破坏这难得的气氛，便暗示他，出了门一定要小心。父亲点点头说，太原真大啊，东南西北哪儿也找不着。说完便继续兴奋地吃起馒头来。金小丁觉得大仙不可能白请父亲去太原,这中间一定有情况。

父亲一连吃了三个馒头,喝了两大碗稀饭,双手叉住后脑勺倒在墙根的被垛上,明显累了。金小丁看见父亲两只脚板的袜子都破了洞,露出焦黄的茧子,心酸起来,想自己不能总待在村子里,没出息不说,还挣不了钱。

金小丁收拾完东西,父亲已经打起呼噜。金小丁拣条被子,给父亲搭身上。父亲猛地醒了,说,我不瞌睡。金小丁说,睡吧。父亲伸伸腿,很快又睡着了。金小丁帮父亲把袜子脱下,眼前出现母亲给他们补袜子的情景来。她打好最后的结,总是把脸凑上去,用嘴咬断上面的线。金小丁把父亲的袜子泡盆里,想了想,捞出来扔了。

第二天,金小丁和父亲一起去了铺子里,半天没有人。金小丁和父亲说起那天换火机的事情。父亲盯着隔壁说,生意都让这些坏人们搅黄了。他们不挣钱卖些小玩意儿,就是为了挤垮别人。金小丁心里不平起来,想怎样报复他们。

他想得出了神,回过头来,发现父亲竟然不见了。中午吃饭时,父亲也没回来。金小丁去大仙家找他。

在大仙家门口,就闻到炖鸡的香味儿。金小丁咽口唾沫，想这狗日的真有钱。他走进院子问，见我爸爸了吗？屋里有个柔媚的声音说，小金？进来吧。锅里咕嘟咕嘟响着，冒着热气。大仙坐在小板凳上洗衣服，她的裙子几乎倒卷到裸着的大腿根。金小丁把脸扭过去，尽量不看，却想搞清楚大仙到底在洗什么，又扭过头来。盆里泡着的东西都是黑色的乳罩、内裤和丝袜。金小丁的脸腾地红了。他问，见我爸爸了吗？老金没来啊。大仙侧着头回答。她这样子很骚，金小丁有些喘不过气来，往后退退说，我去别处找。大仙问，不吃块鸡肉？金小丁吞口唾沫，心里骂，真骚。却忍不住瞄了眼她胸部。

从大仙家里出来时，金小丁迎面遇到两个戴墨镜的人，他们正要进去。两人都戴着拇指粗的金链子，仰起头放肆地打量金小丁，金链子在阳光下闪着炫目的光。金小丁闭上眼睛，呼吸紧张起来，他忽然觉得，父亲根本不可能来这里。心里却想起大仙盆里那一堆黑乎乎的内衣内裤，莫名地难受起来。

没有找到父亲。金小丁吃过饭，百无聊赖地坐到铺子里。一只苍蝇飞进来，在柜台和货架间与他兜圈子。金小丁来劲了，还赶不走你这个鬼？他拿起蝇拍追打。没想到，苍蝇没打着，却把货架顶上的仿制唐三彩马碰下来。

金小丁想，晦气，今天赔钱了。

晚上，大概九点钟，父亲才回来，黑红着脸。金小丁以为他喝多了，问道，喝酒去了？没。父亲回答，端起桌上的半杯水咕咚喝了。金小丁忽然看见父亲头顶和肩膀上有几根玉米须，他想起钻玉米地这种事情，觉得父亲不大可能干出来，却不由又想到大仙。

父亲掀开锅盖找吃的，金小丁忙把笼屉端出来。脸盆倒了水，让父亲洗洗。父亲却说，庄户人还讲究个啥？抓起馒头往嘴里塞，嘴巴蠕动几下，一只馒头下了肚，又抓起一只。

金小丁帮父亲把头顶和肩膀的几根玉米须摘下来，问道，你干啥去了？说话间，父亲又一个馒头下肚。他说，和三红头他们装玉米去了，装粮食也不错。他拍拍胸前的口袋说，三红头他们别看整天玩，但揽下车皮干装卸，钱不比咱们挣得少。说着他又拿起馒头。金小丁看见父亲嘴角的几根胡子微微发黄，和手中的玉米须很相像。他不由想起了老鼠，他们也有长长的须，吃、住似乎啥都不挑。他甩了甩脑袋，把老鼠从自己脑子里赶跑，用又轻又快的话说，以后别干这活儿了，你身体哪能扛得住？好好看铺子吧。

父亲说，欠下的钱得还啊，铺子挣不了几个钱。

金小丁想确实是这样，却仍然说，别干这了。

父亲不回答，吃馒头。

第二天，父亲又去装东西去了。金小丁无奈，却也没有好办法，待在铺子里继续闲得无聊。他想自己得想办法干点别的，这样下去，欠下的钱一辈子也还不完。没想到，还没到中午，父亲满头大汗回来了。金小丁以为他装完了。父亲说他要去太原。金小丁愣住了，问，啥时候？父亲说，这会儿。边说边换衣服。

金小丁问，还是和大仙？父亲愣了一下，忙掩饰着说，一个人。说话间他换好衣服，向公路上走去。

金小丁去隔壁铺子里买了瓶矿泉水，追着父亲的背影喊，把这个带上。父亲边往前走边摆手，不用。说完，仿佛怕误了车，还紧走几步。金小丁跑了起来，追上父亲把矿泉水塞他手里。父亲还想说不要，看到金小丁的神色，没吭声，接了过去。金小丁盯着父亲说，小心。说完又觉得自己说的和放屁一样，纯粹白说。

金小丁回到铺子里，盯着父亲换下来的散发着浓烈汗腥味的衣服，他想自己一定得想点办法。想了半天，想不出个法子来。他把父亲的衣服拎起来，打算帮他洗洗。洗之前，掏了掏父亲的口袋，从里面摸出几根玉米须、五六颗玉米和皱巴巴的一毛钱。金小丁忍不住哭了起来，觉得自己半点儿用也没有。

洗完父亲的衣服，金小丁的心情好了点，他想不能这样死等着，得想办法。

照相馆的码头前，一群人在议论去珠三角打工的事情。那儿需要吹暖壶瓶胆的工人。这个活儿金小丁也会。前几年，镇上和村里联合开了暖瓶胆制造厂，请来南方的工人当师傅，镇上几乎所有的年轻人都去了。那是段难忘的生活，每天上班，下班，男女工人们学技术，搞对象，按月领工资。他们很快就学会了吹暖壶瓶胆，有的人还学会了吹花瓶、烟灰缸、鱼缸等玻璃器皿，生意好极了，产品供不应求，经常加班。可是不知道怎么回事，先是南方师傅走了，接下来说是有了亏损，后来产品渐渐卖不动，再后来厂子倒闭了。没过几个月，暖瓶胆制造厂变成了奶牛场，以前的设备被封存起来，很快被人们偷个精光拿去卖铁了。

现在大家担心的是干了活儿拿不到钱，领工的人却一再保证没问题。金小丁心动了，工钱听起来还不少，冒冒险吧，待着也是闲待着。在领工的再次鼓动下，他和其他十几个人报了名。定好三天后吃过早饭后七点出发。

金小丁找到工作，整天都很兴奋，他觉得他好好干活儿，几年就可以把债还请，父亲也不用这样辛苦了。

晚上父亲回来，金小丁把要打工的事情和他一说，父亲脸上的笑容马上凝固了。他说，去干什么？

金小丁说，欠下的钱得还啊，铺子挣不了几个钱。说完，他想起这句话父亲昨晚刚说过。

父亲不吭声了，却闷闷不乐。吃完饭，他问，我的衣服呢？金小丁望望父亲脱在阳柜上的衣服说，那儿呢。父亲说，我说的是那身衣服。金小丁说，哦，洗了，我看看干了没有。父亲不等金小丁去看，就去院子里把衣服取回来，开始换。金小丁问，你要干什么？父亲回答，看看三红头他们装完没有。金小丁说，这么晚了，谁还装。父亲不回答他，默默走出去，很重的脚步声在发泄着他强烈的不满。

接下来的两天，金小丁默默收拾行李。父亲对他不闻不问，每天出去看铺子或者装卸粮食。父亲的冷漠让金小丁越想越伤心，他觉得自己选择出去赚钱完全是对的，和这样的父亲待在一起，会把人难受死。

走的前一天，父亲吃过饭后又去装卸东西。金小丁把收拾好的行李检查完，等这漫长的一天过去。

傍晚时分，金小丁忽然看见有辆车停在隔壁铺子门前，他认得这是走私盐的那辆车。他想起隔壁铺子老板平时对他们的挤对，想到自己走了之后，父亲的生意可能更难做。于是跑到公话亭，拨通县盐业公司的电话。

回了自家铺子，隔壁老板笑吟吟地正从走私盐的家伙的车上往自己车上倒东西。金小丁看到他的笑，也微微笑了下。他又想到那天的打火机事件，重新跑到公话亭，告诉盐业公司快点，要不他们就交易完了。

做完这件事，金小丁心里有点不安，觉得自己做了个告密者。可是又安慰自己这是做好事，东郭先生对蛇好只会让蛇咬死自己。这么多盐，卖到下面村子里，万一盐有问题，那些村子里的人吃了岂不是要出事？这样一想，他觉得自己做得很对，是他们干违法的事情。

十几分钟后，警车开进了镇上。公安、工商、盐业公司，下来一群人，他们包围了走私盐的车和隔壁的铺子。好多人围过来看热闹，金小丁也凑过去。满满一车盐已经倒到了隔壁老板的车上。

怪不得他的东西便宜，打火机说不准也是哪儿来的呢！

走私盐的老板和隔壁铺子的老板被戴上手铐押了出来。金小丁看见隔壁铺子老板的脸变成土色，还扯着嗓子喊，我不知道！这是第一次！金小丁心想活该。他的老婆放声大哭起来。然后门被贴上了封条。那哭声，透过门缝小了些。

父亲晚上回来，端起桌上金小丁晾好的水喝了几口。金小丁揭锅端东西。两人默默吃饭。父亲的汗味儿和脚臭味儿熏得金小丁难受。

他说，隔壁铺子被封了。咋回事？父亲停止咀嚼声问。买私盐，和发货的一起被查了。真的？公家怎么发现的？金小丁脸上出现得意的笑容。父亲把碗一放，脸沉下来，不吃东西了。金小丁说，我也没错，是他们干犯法的事情。父亲脸沉得要把那张皮掉下来。金小丁嘀咕着自己没错，等父亲把饭吃完。父亲不吃了。

金小丁想隔壁铺子被封后，自家的生意或许就好做了。父亲不用这样辛苦，他在外边就更踏实些。这种想法冲淡了他这几天对父亲的不快和离别的伤感。金小丁的心情好起来。

这时父亲凑过来，跟金小丁抢着收拾东西，他的汗腥味儿也跟过来。金小丁知道父亲不生气了，他躲了躲，说我来吧。父亲叹口气，退开，打开电视，频繁地换台，电视里想起沙沙的雪花声音时，父亲又从头按起频道。金小丁可怜起父亲来，他把收拾东西的声音弄大，压过了电视里传来的声音，想把自己的这种心情掩饰住。他等待父亲把电视的音量调高，父亲没有。

金小丁收拾完东西，转过身来时，父亲放下遥控器，弯腰掀开瓮，从底下拿出一个塑料纸包的包。父亲弯腰时，金小丁看见他腰上的肉是红的，上面还有块瘀青。父亲还下意识地用手扶了扶腰。金小丁感觉父亲老了。

纸包打开，里面是薄薄的几张钞票。父亲说，刚还了人家一笔，家里只有这么点了，本来准备攒上还你姨夫的。金小丁说，不要，我不拿，攒下还我姨夫吧。父亲把钱放炕上说，出门多带点钱好。然后说，我去下边看门，明天你几点走？金小丁说，七点。父亲说，那我明天早点儿上来。

第二天早上金小丁一打开门，就看见父亲在门口站着。他心里一愣。父子两人做饭，面条。吃饭时，父亲说，出了外边多个心眼，要和别人好好处。金小丁想，你又没出过门，还用你说？嘴上却嗯了声。

吃完饭，父亲说，我来收拾，你赶紧走吧，别误了车。金小丁感觉父亲好像在赶自己，看看表，才六点多点。出门时，金小丁回头望了眼，他知道父亲不会送他，心里却还是有些期待。父亲埋着头在洗锅。灶火门没关紧，几根没烧完的硬柴掉出来。金小丁想起母亲做手术时家里的那次大火，快步返回去，把那几根柴塞进灶火里，告诉父亲他走了以后一定要注意安全。父亲嗯一声，似乎对金小丁这样叮嘱他有点不满意。

金小丁到了派出所门前，已经有几个人到了，后来又陆陆续续来了其他人。每个人都有人送，只有他孤零零的，金小丁有些伤感。但看到别人兴高采烈的样子，他想出去打工毕竟能多挣钱，说不准还有其他机会，他的心情也渐渐好起来。

车发动了。金小丁忽然看见父亲。他爬在公路边那棵巨大的柳树上，够挂在树上的风筝。早晨的阳光照在父亲身上，没有给他增加半点光辉，反而使他看起来斑斑驳驳，像庙里年久失修的雕塑。金小丁觉得父亲疯了，这么大年龄去爬树够风筝，要那个玩意儿干啥用？他担心父亲踩断树枝突然掉下来，越想越觉得父亲要掉下来，有些胆战心惊。

5

金小丁走后，金小丁父亲真的变得像被遗弃的孩子。不洗脸不刷牙，穿衣服像绵羊换毛一样对付，天气热了脱，天气冷了套，脱下来也不洗，放在那儿等天气冷了再穿。秋凉之后，人们从他身边走过，隔着几米远，还能闻到可疑的味道。

而且，他几乎舍不得在任何地方花钱。每天吃的菜都是自家院子里种的那几样，到了冬天，顿顿就吃大白菜。调料除了盐，花椒大料葱姜蒜酱油味精等其他调味品什么也不用。

金小丁父亲邋遢又小气，还因为杀狗身上总带着阴气，但人们都欢迎他，因为他爱干活儿，只要能挣钱，有活儿就干。

金小丁父亲和大仙一次次去太原，慢慢地被人们注意上，但没有人觉得他们有首尾，觉得他肯定是为了挣钱。倒是一些戴墨镜的人常来找大仙，让人们议论纷纷。金小丁父亲和他们比，土得脏得像猪，谁也不会觉得大仙能看上他。

金小丁家隔壁铺子被查封之后，老板娘到处托人打点，又交了罚款，几天后老板被放出来，铺子也重新营业。金小丁父亲以前觉得同行是冤家，不怎么到他家去，现在也不怎么过去，但他对这家人的态度变了，好像他们落了难一样，每次见面都主动打招呼，不外乎是些吃了没有、今天天气不错之类的话，但他觉得说和不说不一样，先说和后说不一样。

那段时期，金小丁父亲忙得脚后跟打后脑勺，一会儿在铺子里，一会儿在太原，一会儿在粮站装卸粮食，一会儿在墓地给人家打墓，一会儿杀狗。他像马站着睡觉一样似乎总在忙着。而且，他还迷上了彩票。

每天都买两元钱一注的那种体育彩票。开始他只是凭感觉胡乱买，后来听说有规律，便更加有了劲头。他买来白报纸，在上面打上非常细的格子，画上横轴、竖轴那样的坐标。每天把中奖的号码标在上面，分析它的规律。时间久了，白报纸上面密密麻麻布满了黑色的小点，像错落在夜空中的星星。他把它钉在墙上，利用它行军布阵。他中过最大的奖好像是五十元。好在他从来不多买，每天三张。有几次他懊丧地说，本来打算买×、×、×的，结果买了X、X、O，只差一个数字。金小丁父亲说这话的时候，仿佛五百万的大奖差点就落入他的口袋里了。

金小丁去珠三角大概不到半年，恋爱了。春节时，女孩要跟着他回家。金小丁想起家里乱七八糟的样子，尤其是不修边幅的父亲，心里犯怵起来。他给父亲打电话，说自己有女朋友了，要去家里看看，叮嘱父亲把自己和家里收拾收拾。父亲在电话那头答应得吞吞吐吐，问他哪一天回来？两人很少通电话，父亲的声音听起来让金小丁觉得陌生，像生锈的镰刀。

提前二十天，金小丁开始订票，没想到已经没有放假那天的了。他心慌起来，回不去咋办呢？这是他第一次外出打工，还打算带女朋友回去。他只好往前推，结果买下了放假前五天的票。

金小丁和女朋友坐了二十多个小时火车进入太原，太原刚下过大雪，列车穿行在白色笼罩的城市，从来没有见过雪的女朋友很是兴奋，把脸颊贴在玻璃上，目不转睛地看。到站是早上八点多，离回金小丁老家的那趟火车还有七个多小时，下雪汽车也不走，他便领女朋友去市里玩。

一出车站，凛冽的风扑面而来。金小丁担心女朋友受凉，搂住她的肩膀。她看见广场对面的雪，拖着金小丁往前走。越过足有四个足球场大的广场，他们穿过马路进入一条叫"迎泽"的街道。街上已经洋溢着过节的气氛，路两边商铺外面摆满灯笼、对联等过年用品，人们脸上洋溢着急匆匆的笑容。路上的雪大概被撒了盐，变成黑色糖稀样的东西，被车碾得波浪一样向两边翻滚。金小丁怕把衣服弄脏，对女朋友说，回了村里，她可以看到真正的大雪。女朋友却跑到一截花栏墙面前，把手插进上面厚厚的积雪，快乐地尖叫。

他们进了附近的公园，坐了过山车，喂了鸽子，出来后已近中午。在马路边找了家饭馆，坐在临街的桌子前，边吃饭边瞧外面的行人和风景。

突然，金小丁看到有个衣着单薄的人一只手拎着黑色塑料袋，一只手拿着饼子边吃边走过来。他腿有点瘸，像逃跑好久疲惫极了的狗，饼子闪着铅样冷硬的光。父亲！金小丁的脸涨得通红，伸长脖子。父亲走到前面树下，一团雪球掉下来，砸在饼子上，他吹了吹上面的雪，继续咬下去。金小丁想出去，却把头埋下，吃起菜来。菜吃到嘴里怎样也嚼不出味道。等父亲走远后，他抬起头来，眼睛里蓄满泪水。女朋友问他怎么了？金小丁摇摇头，追出门外，已经看不见父亲的影子了。满大街涌动的都是快乐的人。

好不容易熬到开车的时间，金小丁一上车就躲进厕所里，给父亲打电话，没有人接。

车厢里到处都是人，个个穿戴臃肿，像狗熊，金小丁想，为什么穿这么多呢？狠狠地把自己外面的羽绒服脱下。

列车走走停停，每经过小站，就停下来，不断地有人挤上来，车厢里像浑浊的泥塘，密密麻麻的鱼大口喘气，用劲挣扎。

车到金小丁他们镇的小站，天已经黑了。原野里大片的积雪仍依稀可见，映衬着人们屋子里的灯光，金小丁闻到炊烟的香味，他领着女朋友坐上接站车。

车进村子，金小丁闻到熟悉的味道，有些激动和害怕。

到了家门口，黑乎乎的，父亲不在。金小丁担心起来。他开门领女朋友进去。满屋子的灰尘。母亲牌位前小碟子里有只苹果，不知道放了多久，缩成小小的一团。阳柜上摆着笸箩、空烟盒、两张黄纸，地上是乱七八糟的纸箱子和一捆柴。冷，炉子里没火，炕也没烧。金小丁顾不上害臊，脱下外套，生炉子，坐水，然后收拾家里。

突然，他听到院门响了。小丁，小丁，有人喊。

巨大童年　149

父亲进来了,脸色青白,嘴唇上挂着清鼻涕。他径直朝炉子那儿奔去,问,生着炉子了吗?然后要接过金小丁手中的抹布。

他问,你们说不是还有五天吗?金小丁才想起改了时间没和父亲说。金小丁给父亲介绍自己的女朋友。父亲迅速看了她一眼,要去街上买肉。金小丁忙拦住他,从包里拿出烤鸭、鱼丝、牛肉等东西。父亲边往灶火里传柴,边说这几天下雪,柴放到院子里湿得点不着。家里有了烟,有了气,马上热气腾腾起来。

吃饭时,金小丁问父亲去太原了?父亲点点头。金小丁问,还是大仙?父亲点点头,让金小丁给他的女朋友晶晶夹菜。他显然不愿意多谈太原这个话题。

金小丁和晶晶在家的这几天,尽管地里没活儿,也没有粮食可装卸,父亲却总是忙,剥玉米,研究彩票……金小丁望着父亲做的彩票图,问他管用吗?父亲回答,反正也不多买,用戒烟的钱买这个,万一中个大奖,不是啥都好办了?金小丁才发现回家后没有见过父亲抽烟。

过完春节,金小丁领着晶晶要回珠三角了。父亲默默地看着他们收拾东西,一声不吭。金小丁心里慌慌的,像做错了什么。收拾完之后,金小丁和父亲打招呼告别,父亲却走过来,帮他拎起包。金小丁以为父亲只是要把他送到门口,他本来打算叫接站车。父亲到了门口,却没有停下来的打算,继续朝火车站走去。金小丁有些惊喜,他和晶晶跟着父亲往前走。路上默默的,父亲不说话,金小丁也不说话,晶晶也不说话,金小丁恍然觉得他们好像在默片里穿行,他希望这样一直走下去。

车站到了,父亲把包递给金小丁,说他不进去了,让他们和晶晶家里人商量好,定了日子告他。金小丁重重地点点头,帮父亲把领子上的头发屑掸了掸。

6

婚礼定在五一节。

结婚前一天,晶晶已经住到了办事的那个酒店里,明天只需把她从酒店接到家里,举行个仪式,金小丁和她就是夫妻了。其实,一个多月前金小丁和晶晶已经领了结婚证,结婚只是个形式而已。但世界上,许多事不得不有个形式。只要等上不到二十个小时,大典一举行,金小丁父亲在这个世界上最大的事情就交代了。

金小丁父亲惬意地喝着罐头瓶里泡着的茉莉花茶，和总领们反复商量婚礼上的细节。这时三红头来找他了，粮站要把一批玉米发往四川。谁都以为金小丁父亲不会去，连三红头也觉得他不大可能去，可是四川那边催得紧，他们又人手不够，不得不来碰碰运气。

没想到金小丁的父亲马上问总领，说完没有？总领笑眯眯地说，完了，明天这时候就有人给你做饭了。金小丁的父亲便扔下一群帮忙的人要跟三红头走。总领开了句玩笑，明年你就要抱孙子了，现在还不享享福？金小丁的父亲扑扑自己的衣服，咧嘴笑笑，露出一口黄牙。金小丁忧郁地望着父亲，想说什么，但什么也没有说，跺跺脚。父亲穿过闹哄哄的人群向粮站走去。金小丁看见一团巨大的黑云蚕茧一样包裹着太阳，微微的金光从黑云的边缘透出，他感觉有种东西要降临或摆脱，却猜不出来。他定定地望着那团黑云和太阳，云完全遮住了太阳，天空暗下来，几分钟过后，太阳又露出金边，天空马上亮了。云走，太阳也走。大团黑色的小虫子在眼前嗡嗡乱飞，他挥挥手，挪个地方，那团虫子又跟了过来，他忽然特别烦躁。

已经中午了，应该去酒店陪新娘和送亲来的人吃饭，可是父亲装粮去了，金小丁不知道到了酒店怎样和新娘以及她家里的人解释，他磨蹭着。

太阳终于冲出那个云团，天空亮得刺眼。那块巨大的乌云破抹布似的被丢弃，气温越来越高。金小丁抹了把额头的汗，跑到门口看看，街上空荡荡的，人们都回家里吃饭去了。几只麻雀在水泥地上跳跃着，啄着灼热的坚硬的路面。金小丁长叹口气，从屋里端出半碗小米，抛向麻雀，麻雀却哗地都飞走了。

到了酒店，送新娘来的妗子正在院子里转圈，脸上油汪汪的，都是汗。五六辆印着"神木"的拉煤大车正在突突发动，还有两辆黑色的小车乌龟样缩在墙根，一只狗抬起头来望了望他，继续刨土。妗子看见金小丁，抹了把脸上的汗，强忍着怨气大声问，你爸呢？金小丁看见她张口时，黄牙上缠着道黑色的细铁丝，像整排牙有道裂缝。本来他心里还有些内疚，被她这么一问，也变成了怨气，大声回答，别管他，咱们吃吧！

正在看电视的新娘看见金小丁，站起来强装着笑脸点点头，金小丁从她脸上看出了不耐烦，知道她有些委屈。他干巴巴地说，吃饭吧。

要了四个菜，两冷两热，两荤两素，没吃几口，大家都说饱了。金小丁劝了几句，还是没人再动筷子。这时恰巧门口有位乞丐走过，金小丁呼地站起，把几乎没怎样动过的菜统统倒进盆里，对乞丐说，给！乞丐伸手接过的那一刻，金小丁忽然想起了父亲，他中午怎样吃饭呢，他一辈子大概也没有享受过这么多好菜！不光父亲，他也没有，他伤感起来。

那天下午，应该有许多事，应该很忙，别人家结婚时都这样。但金小丁他们却什么事也没有，一直在等，他们等着那越来越接近的时间，翻过这道墙，他们将掀开崭新的生活。他们等得汗流浃背，气喘吁吁，但太阳像被定在了天空，怎么也不落下。金小丁忽然想，要是婚礼提前一天，定在今天多好，现在他就是新郎了。正在这样想着，一辆平车推进了大门，上面有团黑乎乎的东西，像一堆要被倒在河滩里的垃圾。一种强烈的不祥感觉冲进金小丁脑海，他快步迎过去。

父亲躺在平车里一动不动。金小丁想，父亲死了！他害怕起来。他喊，爸爸！父亲缓缓睁开眼，昏黄的眼睛里淌下几颗浑浊的泪。他说，本来想给你们添床新被子，结婚啥都没给你们弄上。他抽搐着把手往口袋里伸要掏东西。金小丁按住父亲，问他，到底咋啦？父亲说，树上有个苹果。把父亲送回来的人说，休息时，他发现粮站的苹果树上有个果子没摘下来，爬上去摘，踩断树枝掉下来，大概是把腰扭了。金小丁脑海中出现自己去太原时父亲爬到树上够风筝的事情，他长长叹口气，接过平车来要把父亲送往医院。父亲忽然急了，居然噌一下坐直了。他说，我没事，歇歇过几天就好了，别瞎糟蹋钱。金小丁看着父亲因痛苦挣扎而变形的脸，说好，好，你躺下，送你回家。

父亲回家后，金小丁请来村里常给人看骨科的马掌柜。整个黄昏顿时忙碌了起来。等到马掌柜离开后，天已经黑了。金小丁想起未婚妻还在酒店里等着没吃晚饭，焦急起来。父亲说，你别管我，赶紧去酒店。金小丁没啥好办法，他大声问，你喜欢吃啥？我给你带回来。父亲说，别管我，随便给我拿点就行了。

金小丁到了酒店，未婚妻和妗子都急着问他父亲怎样了。金小丁回答，马掌柜说没有骨折，只是扭了腰，得静养。哦！两人同时说，像明白了什么。

中午没有好好吃，大家都饿了。金小丁搁记家里的父亲，又不能早走，想到新娘还没有化妆，迎亲的车还得再去核对时间，心里乱成一团。

第二天办事的时候，父亲在炕上躺着，拜天地的时候他也没有出来。送走客人，金小丁和妻子、妗子急急忙忙赶回家，父亲看见他们想往起坐，妗子按住他。父亲说，小丁，看看晶晶她们想吃啥。金小丁说，刚吃过饭呀。

几天之后，金小丁单位催他去上班。父亲能从炕上起来了，但走路的时候得两手扶着腰。金小丁没有办法，只好走。他叮嘱父亲好好养伤。

金小丁走后没多久，金小丁父亲就去铺子里卖东西，腰还疼，他只能坐着。

又过几天，人们发现他拾垃圾。他显然认真动过脑筋，在棍子的一头绑了个夹子，不用弯腰就能夹起东西，还让人拿帆布做了个黑色褡裢。远远看起来像挂着两根拐杖。

他只要看见能卖钱的东西，就拾。刚开始金小丁父亲使用夹子不习惯，夹子做得也不够精细，拾个塑料瓶子也得花好长时间。后来他不断重复这个动作，不断改进夹子工艺，连吸在地上的小药瓶上的橡胶盖都能捡起来，娴熟的动作简直像大象使用自己的鼻子。他十分爱惜自己的夹子，只要有空就擦拭它，与他邋遢的样子相比，他的夹子干净得过分，总是闪着寒冷的亮光，让人一看就觉得能把所有东西夹起来。

金小丁父亲除了捡能卖钱的东西,还拾粪。现在人们都使用化肥了,有时连自家的茅坑都懒得出,谁还拾粪?金小丁父亲拾粪根本就没有竞争对手,大街小巷猪羊鸡狗和小孩拉的粪便随便捡。以至于村里有的人看到粪便,就会想到金小丁父亲,就像以前看到狗就想到他。即使是拾粪,金小丁父亲的夹子也是干净清爽,像外国人吃饭使用的刀叉。

金小丁父亲拾来破烂,攒够一平车就卖给废品收购站。拾来粪便,却没办法马上变现,他似乎也没有这个想法。很快,金小丁父亲院里堆满了猪粪、狗屎、鸡粪、羊粪等各种粪便,而且越堆越高,越堆越大,人们远远就能看见五彩斑斓的东西冒出他家的墙头,走近了,新的、陈的、人的、动物的,各种臭味混合起来往人鼻子里冲,有时还有几个粪球瓜熟蒂落般地从顶上掉下来,打在人们头上。谁要是进了他家院子,视力所及,能看见的都是各种颜色的粪便,只有贴近墙的地方,有条踩出来的小径,使人相信里面有人住着。

三个多月之后,金小丁父亲的腰好了,他到处包地。村里只要有人外出打工不种地了,他就包下来。他还利用晚上的时间在河边的盐碱滩开辟了大片荒地。他把玉米、葵花、谷子、苜蓿、南瓜、芹菜等各种作物种到地里，再把院子里的粪便弄到地里。在浇地、锄草、收割等农忙时节，他不仅自己每天待在地里，而且拿出钱来雇人帮他干活儿。这种事，在村里还很罕见，人们觉得这么小气的人拿出钱来雇人，不可思议。

更让人不可思议的是，大仙那么风流个人，居然与金小丁父亲来往很多。她不仅在金小丁父亲摔坏腰时经常去探望他，而且在金小丁父亲腰好后，时不时与他一块儿去太原。他们两个站在一起让人觉得很是别扭，大仙白得像藕，干净得像刚出锅的馍馍，金小丁父亲黑得像炭，整个人就像沤了的树桩。

金小丁结婚之后，很少回村里。有的人说他在外面混得很好，开了公司；有的人说他岳父有钱，已经给他在城市里买下房子。镇上的邮差说，他有个屁钱，这么多年没见他老子收到过他一分钱。

就在金小丁父亲忙忙碌碌，勤俭节约，像蜜蜂、蚂蚁等等你能想象出的一切勤劳的小动物，但又活得好像还不如它们的印象已经根深蒂固地烙在村里人们脑海里时，他忽然变了。

他讲笑话了,讲得结结巴巴,内容都老掉牙了,还总是用"从前有个人"开头,根本不可笑。但他讲笑话的样子很可笑,和鱼开始说话一样。

而且铺子没生意的时候,他开始看别人下棋,打扑克了。

他像压得紧绷绷的弹簧慢慢放松,人们很是吃惊,议论他到底怎么了?

后来才知道,金小丁父亲把老婆看病欠的债还清了。

有人便开始数金小丁母亲哪一年去世,一数,居然十年过去了。十年,金小丁父亲都是这样苦过来的。人们看他的目光多了敬意。

7

金小丁父亲没有压力了,但他像辆高速行驶的摩托突然急刹闸,人不可控制地往前飞。

他看到狗,总要去追,感觉那是移动的钱。看到粪,也下意识地要去捡,却发现没有带夹子和褡裢。有次还被狗咬了一口,这在以前是根本不可能发生的事情。金小丁父亲感觉有东西从他身上溜走了。村里的人们觉得金小丁父亲少了什么。

是女人。

这在以前，大家根本不会考虑他会需要女人，现在几乎所有人都觉得他应该有个女人。

村里给金小丁父亲介绍女人的骤然多起来。

首先上门来的是媒婆。她们总是神神秘秘，瞎扯上半天，然后突然说，那个谁谁死了老汉，已经一年了。接下来便介绍这女人的种种好处。金小丁父亲听到这些总是一言不发，等媒婆说找个时间见见吧，金小丁父亲就涨红了脸，猛烈摇头。媒婆以为金小丁父亲不喜欢这个女人，隔几天，又上门来，这次介绍的是某某女人，一辈子没结婚，是个老处女，作风好得很。介绍半天，金小丁父亲还是摇头。这个媒婆介绍几次，碰壁之后不再来了。又一个媒婆上门，金小丁父亲还是老样子。还有不死心的又来。邻村那个死了三年丈夫的女人，媒婆们足足给金小丁父亲介绍过五次。

拒绝的次数多了，媒婆们不再给他提亲，一些女人却主动找上门来。她们大概看中了金小丁父亲的老实、吃苦，还有手头的那几间房子和铺子。这些女人几乎都是金小丁父亲的熟人，相互很了解。她们性格不一样，做派也不一样。有的直接说，老金，咱们搭个伙计吧，我给你做饭，你养活我。有的则腼腆得多，来了绞着个手，不说话，简直不知道她来做什么。有的来了就干活儿，拿起抹布擦桌子，倒泔水……

其中有一位，是金小丁父亲的小学同学，她儿子又是金小丁的小学同学。她曾经是赤脚医生，家里总是收拾得一尘不染，散发着酒精凉爽的味道。丈夫得脉管炎去世了好几年。有一天中午她喊金小丁父亲去她家，说要让他帮忙。金小丁父亲多年没有来过她家里，一进门马上被客厅里的那张大床吸引住了。深蓝的颜色，床垫非常高，床单上有个微微凹下去的身体形状。金小丁父亲望望床，望望赤脚医生，她的脸红了，转身进了厨房，碗托、肘子、花生米、鸡、鱼、炒青菜一一端上来。金小丁父亲问，不是有事吗？女人说吃完饭再说。说话间拿出两个杯子和一瓶酒，酒居然是汾酒。金小丁父亲有些惊讶。女人把酒打开之后，先给金小丁父亲斟满，然后给自己斟满。她端起杯子来说，干，就一闭眼把酒喝完了。结果呛了嗓子，大声咳嗽起来。金小丁父亲也忙干了。女人又把两人的杯子倒满，说干，举起杯子来。金小丁父亲看到她的脸上红晕漫上来，他说你不能喝别喝了。女人没等他把话说完，酒又灌进肚子，然后又给自己倒。金小丁父亲忙把自己面前的酒喝完，去抢女人手里的瓶子。女人伸出另一只手，去护瓶子，却抓在了金小丁父亲的手上，两人顿时都愣住了。女人倏地脸更红了，松开瓶子，夹起一只鸡腿放金小丁父亲碗里。金小丁父亲给自己倒满酒，夹起另一只鸡腿放女人碗里。两人啃完鸡腿之后，女人拿起空杯子说，给我倒满。金小丁父亲小心地给她倒了半杯，举起自己的整杯说，谢谢你。两人仰头都喝干。金小丁父亲怕女人喝多，给自己倒得快了起来，左一杯，右一杯，很快就感觉天旋地转。他说，头晕。

等他醒过来之后，金小丁父亲发现自己躺在大床上。他一翻身，看见女人在补自己衣服上破了的口袋。她正好缀完最后一针，打个结，侧头用牙去把线咬断。她的牙又白又整齐，猛地让金小丁父亲想起去世的妻子。他翻身起来，抬头看见床头上挂着赤脚医生和她丈夫的婚纱照。一看就是后来补照的，她的丈夫已经坐在轮椅上，她穿着雪白的婚纱，化了妆，却掩饰不住脸上的皱纹，比皱纹更明显的是忧郁。金小丁父亲说，喝多了，喝多了，套上鞋赶紧往外走。女人说，你的衣服。金小丁父亲接过衣服就走。

从那之后，女人又邀请过他几次，他都拒绝了。而且有次趁女人买菜时，把二百元钱塞进她的菜篮子里。

第二天，大仙找金小丁父亲来了。金小丁父亲以为又要叫他去太原。没想到大仙掏出二百元说，你根本不懂女人。金小丁父亲的脸马上红了，他认出了那是自己的二百元。大仙说，我觉得赤脚医生挺好的，完全能配得上你。她愿意，你只要表个态，我给你们撮合，找个日子办了吧？金小丁父亲忙摇头。大仙问，为啥？你不尿泡尿照照自己。金小丁父亲说，医生挺好，可是我不想对不起小丁他妈。大仙说，都十年了，你怎样也对得起她了。金小丁父亲只是摇头。大仙呸了一口，气冲冲走了。

渐渐地，没有人给金小丁父亲介绍对象了，金小丁父亲也似乎忘记女人这回事了。

金小丁父亲的铺子成了光棍们的据点，而且他喜欢上了喝酒，整天与这些光棍们混在一起。他们喝的酒是最便宜的高粱白，三块钱一瓶，有时也喝更便宜的那种装在塑料袋里的酒，两块五一斤。他们喝得很多，起步是每人半斤，经常每人一瓶，喝高是常有的事。尤其是金小丁的父亲，经常喝高，咧开嘴笑个没完，仿佛发现了世界上最开心的事情。

没过多久,金小丁父亲就有了红鼻头和大眼袋,偶尔还碰得鼻青脸肿。有时,他们去国道边的小饭馆里喝。每次喝完后,金小丁父亲骑上自行车摇摇晃晃,像蟑螂在飞。有次上个大坡时摔了一跤,他爬起来想继续骑,腿怎样也跨不到自行车上去,可能脑子还有些清醒,于是一遍又一遍重复骑车这个动作。有人喊他,他手一挥,做出别管我的意思,继续专心地做骑自行车的动作,一次次摔倒,又一次次爬起。恰好大仙路过这儿,找人把他送回了家。

第二天金小丁父亲醒来,不知道自己怎样回的家。问别人,人们说赤脚医生送的他。金小丁父亲使劲儿甩脑袋,什么也想不起来,他嚷嚷着还要继续喝。

金小丁知道了父亲爱喝酒,每年回家时,总要带几瓶。人们看金小丁给父亲带酒回来,有人就嘀咕说,快喝死了。金小丁听不见这话,他担心父亲的身体,但不知道除了给父亲带酒,还带啥合适。给父亲买上新衣服,他不穿,即使过春节也是穿着他常穿的那身旧衣服。给他钱,他不要,给多少退多少。有时金小丁硬塞给他,回城之后，总能在包的某个角落里找到那卷钱。金小丁一度怀疑父亲患抑郁症了。

金小丁也想过给父亲找个老伴，毕竟母亲已经去世十多年了。但他无论在电话里，还是回了家和父亲面对面，只要提起这件事情父亲就拒绝。金小丁记得自己第一次有些羞涩地和父亲谈起这个问题时，父亲马上拒绝了。那天父亲喝高了，他说，你妈不在了，我不要任何人。金小丁劝他说，我妈再好也走十多年了，你找个人也好照顾你。父亲说，那些女人找我都是为了让我养活她们，哪个也不如你妈好。金小丁说，爸，你只要愿意，养活人家怕啥，我给出钱。父亲努力摇头，斩钉截铁地说，这辈子就你妈一个了，啥坏事也不干，只喝点酒。这话说得金小丁眼眶湿润，心里乱糟糟的，他拿不准父亲是因为挂念母亲不想找，还是怕给他添麻烦。

金小丁害怕父亲面对他抹不开面子，他摆下酒席，请来经常与父亲一起喝酒的几个伙计，趁父亲上厕所的工夫，托他们与父亲说。他们乘着酒意哈哈大笑，说金小丁一点儿也不了解他父亲。金小丁父亲这辈子最怕给别人添半点麻烦，现在他一个人了，哪里会找个女人给金小丁添麻烦？再说，他根本忘不了金小丁母亲，每次喝酒都要提起她。金小丁听着,想起每年春节父亲喝了酒,都要对他说,要是你妈还在,看着咱们现在这样一大家子多开心啊。她可以帮你们带孩子。你妈没福气啊!说着眼泪就流出来,然后越来越伤心,把脸抽成一团,稀里哗啦哭起来。

金小丁心里苦苦的,他表态,父亲只要找到合适的,老了之后,他一定一起养他们。他们哈哈笑着,盯着金小丁看,那表情一看就是不以为然。金小丁想过把父亲接到城里,和自己一起过,可是父亲坚决不同意。

金小丁去求大仙帮忙,他觉得父亲和她有种扯不清的关系,父亲或许会听她的。大仙正在嗑瓜子,一只小哈巴狗卧在她白嫩的脚上晒太阳。金小丁说了自己的请求,大仙哧哧笑了,请金小丁嗑瓜子。金小丁捻起一颗,等待大仙说话。大仙说,赤脚医生那么与他般配的女人他都放弃,神仙也没办法。金小丁呆呆地立在地上,觉得有些怪异。哪里怪异呢?大仙太干净了,进了她家没有看见一根土毛毛。那只白狗卧在她脚上像白净的瓷瓶里插了一支白花。

金小丁只好给父亲带酒,尽量带好点的酒。每次金小丁把酒带回家,父亲就说,买这么贵的酒干啥?你们也没钱。把酒打开之后,父亲又说,平时我们喝的都是三五块钱的酒,买这么贵的干啥,但他说着已经给自己倒了一杯。金小丁和他喝完两杯之后就不喝了,父亲却还要再喝一杯。金小丁说,爸爸,以后你少喝些,多喝点好的。父亲说,我知道。说着端起酒杯来。每次没有等金小丁回城,父亲已经把他带回来的酒喝完了。

金小丁与父亲的交流陷入固定的模式。先是一起喝酒,喝高之后父亲思念母亲,然后父亲哭泣,金小丁劝阻,建议父亲再找个女人,父亲拒绝,再喝酒。有时这个模式会稍微有些调整,但内容基本不变。每次都是以父亲喝醉收场。这时金小丁脑袋也胀胀的,完全被痛苦塞满。每次回城之后,都会难受好多天。

8

金小丁父亲碰掉牙是一次喝高之后。

金小丁接到一个电话,看到显示的是陌生号码,根本没有想到是父亲,这么多年父亲从没有主动给他打过电话。

金小丁接起电话问对方是谁。对方回答,我是你爸爸。金小丁父亲掉了牙说话走风漏气,金小丁没有听出他的声音,以为有人在消遣他,于是生气地回答,我才是你爸爸,然后把电话挂了。过了会儿,那个电话又打过来。金小丁不耐烦地接起来,生气地准备训对方几句。电话里说,我是你爸爸。声音大了许多。金小丁终于听出像自己父亲的声音,他问你怎么这么说话?父亲说,我的牙掉了。怎样掉的,掉了几颗?又喝酒了吧?金小丁问。金小丁父亲说,还能凑合吃饭。金小丁着急了,说你赶紧来太原,我帮你找牙医镶一下。挂电话时,他又叮嘱父亲,换身干净衣服,刮刮胡子,理理发。

金小丁急急忙忙请假,订火车票,往太原赶。

金小丁在太原火车站拥挤的人群中一眼就看见了父亲,他太显眼了,穿的是崭新的中山服,戴顶蓝帽子。金小丁挤过去,闻到浓郁的樟脑丸气味。中山服上满是衣服叠放折出来的痕迹,刀刻一样。

金小丁问,这是什么时候的衣服?父亲嘟哝了一句。衣服居然是二十年前为了参加亲戚的婚礼,母亲专门到裁缝店为他定做的。父亲问,这身衣服怎样?金小丁不知道该怎样回答,他说,很新。父亲得意地用手掸了掸衣服说,去哪儿看?我带了钱,你光领我找到医生就行了。

父亲说话走风漏气,金小丁以为父亲的牙掉光了,后来发现只是掉了上下门牙,但居然有七颗。金小丁不清楚怎样磕的,能磕掉这么多。再三追问下才知道,父亲喝多酒摔了一跤,磕掉三颗牙,爬起来后发现牙掉了,非常害怕和绝望,一气之下,自己用石头又敲掉四颗。如果不是因为喝得太多,没有了力气,说不定会把满嘴的牙敲完。

金小丁听着父亲的叙述,暗暗心惊,寒意从毛孔渗出来,不知道该为父亲做些什么。

父亲的牙镶好之后,嚷嚷着就要回去,但已经没有回去的车了,只好住下。父亲痛惜地说又要花钱。金小丁说,你老不来城里,时间还早,转转吧。父亲说,我老来太原的。说完后悔了,赶忙捂住嘴。金小丁想起父亲和大仙来太原的事,他想问问大仙到底让他干什么。他结婚前那年看见父亲拎黑塑料袋的情景涌现出来,他想知道里面到底装的是什么,交给谁。但怕影响他们父子俩现在这份难得的相聚,没有问。

金小丁领着父亲专门在太原热闹的地方转。

他们去了商场,金小丁打算给父亲买些合适的衣服,换下这身满是褶子的中山装。父亲却死也不肯脱下自己的衣服去试新衣服。他说,好好的衣服还没穿哩,买啥新的？坚决不要。

金小丁领父亲去饭店喝酒，父亲喝了一杯就再也不喝了。金小丁劝他，父亲说，同样的酒，这儿的咋这么贵？咱喝得越多，他不是挣咱们的钱越多？

他们去剧场看戏。没过多久，父亲打起了呼噜。金小丁轻轻用手指捅他，父亲打个激灵，猛地站起来，擦擦嘴角的口水问，完了？在金小丁的记忆中，父亲很爱看戏，只要村里演戏，父亲不管白天忙得有多累，都要去看。现在名角就在台上唱，父亲却睡着了。金小丁没有回答父亲的话，而是问，不好看？父亲摇摇头说，太热。金小丁疑惑地瞪大眼睛说，剧院里有空调，怎么会热呢？父亲说，没风，不如戏场院凉快。金小丁说，唱戏的是名角，获过全国的梅花奖呢！父亲说，好倒是好，可是。他不往下说了。从父亲的表情中，金小丁感觉他对台上的名角不以为然。

从剧院出来，街上人还不少。许多小情侣牵着手慢悠悠地散步。几个年轻的母亲推着童车和里面的孩子细声细语交谈。卖臭豆腐的摊子前围满年轻女孩，嘴上闪着油亮的光。几位穿高跟鞋黑丝袜的女郎挤在一起，伸出纤细的白手在招车。有的人往闪烁着霓虹灯的酒店、宾馆里走。

突然，金小丁对与父亲住在同间屋子过一晚产生恐惧，他想再找点什么事情打发时间。他突发奇想，带父亲去洗桑拿，帮他找个女人按摩。金小丁想着，就朝四处张望，不远处有个广告牌，闪烁的彩灯勾勒出"洗浴中心"几个大字。金小丁朝那边走，父亲跟在他后面东张西望。走到洗浴中心门口，金小丁领头往进走，父亲不动了。他像生气拒绝干活儿的倔牛，手紧紧按住旋转门的把手，身子使劲往外绷着，脸涨得通红。金小丁被嵌在旋转门里出不去，外边不断有小车和出租车停下，客人看到奇怪的父亲和金小丁，从侧门里进去。金小丁示意父亲松开手，父亲不动，额头的青筋暴露出来。这时保安过来，把父亲拉到一边。父亲跺着脚，愤怒地指着金小丁吼叫。金小丁从旋转门里跑出来，拉着父亲赶紧灰溜溜地离开这个地方。父亲真生气了，一声不吭。路过几家闪烁着粉红色霓虹灯的街头发廊时，金小丁伸了伸脖子，父亲咚咚往前走了。

回到住处，父亲仍然不说话，三下五除二脱了衣服就要睡觉。金小丁说，你洗个澡吧。父亲说，不洗。金小丁说，很方便的，我给你放好水，不洗白花钱了。说着，金小丁去了卫生间，打开水龙头调水。金小丁出来之后，发现父亲又把里面的秋衣秋裤穿上了。金小丁说，水差不多了。父亲穿着秋衣秋裤进了卫生间。过了半天，金小丁父亲喊，小丁，小丁，水烫死了，怎样关？金小丁想起父亲这辈子也没有用淋浴洗过澡。他进了卫生间，看见父亲黑乎乎的身子像段老树皮被水汽包围着，秋衣秋裤和背心搭在面盆上，裤衩上面有团黏糊糊的东西。他伸手把水龙头往右边拧了拧，不小心碰了父亲一下，父亲的身子马上像蜗牛那样缩作一团，金小丁也受了惊吓似的赶紧退出来。灯光下，父亲的中山装在椅子上耸立着，像冷峻的卫兵。

父亲洗完澡出来时，还穿着进去时的秋衣秋裤。金小丁赶忙溜进卫生间，招呼也没有和父亲打。等金小丁出来时，父亲已经睡着了。父亲的中山装还在椅子上耸立着，金小丁把它们按平，钻被子里，但衣服上面那深深的折痕像锋利的刀片，割得他睡不着，他看见父亲又醉了，嘿嘿傻笑着。

第二天父亲要去赶火车，起得很早。金小丁陪他吃了早点，往火车站赶。路过广场时，父亲忽然被几个抽陀螺的人吸引住了，惊喜地喊，毛猴，这么大的毛猴！

金小丁第一次看见城里人抽这么大的陀螺时也惊讶，想起了童年时代。在他小时候，也玩这个，人们叫毛猴。

孩子们砍截树枝，把一面削成椭圆形，在底部安颗自行车上用的滚珠，就成了，小的仅有拇指大，大的也不过胳膊粗。鞭子是用树枝拴条绳子或布条。可是广场上这些人玩的陀螺每一个至少有碗口大，还有脑袋大的，抽它们的鞭子至少也有一丈多长，人们抡圆了肩膀，抽得啪啪响。

巨型的陀螺仿佛把父亲带回了童年，金小丁看见父亲的眼里重现清澈的光，像时光倒退了几十年，在那里面，他看到了自己的影子，也看到了父亲小时候的影子，他们几乎一模一样。

广场上的鞭子呼呼想着，父亲下意识地吞着唾沫，抱着膀子的右手不由自主地转来转去。

有个陀螺不小心被绊倒，一位光头拿着鞭子去拾。金小丁走到光头面前，指着父亲，不好意思地问，能让我爸爸玩玩吗？金小丁问这句话时，想起了小时候的许多玩具，洋火枪、弹弓、铁环……每样东西流行时，父亲都会领着他对小朋友们说，能让他玩玩吗？

光头有些不情愿，但看到金小丁的父亲，他笑了，不情愿消失了，把鞭子递到金小丁父亲手里。金小丁父亲接鞭子时，激动得居然把它差点掉地上。光头教他怎样发动，陀螺转起来了，金小丁父亲用劲儿抽上去，陀螺转得欢了，金小丁父亲发出爽朗的大笑声，这是母亲去世之后，金小丁第一次看到父亲这么开心、放肆地笑。

他问光头哪儿卖这样的陀螺，多少钱一个？体育用品商店和南宫都有，光头回答。金小丁看看表，为难地笑了。他问，您能把这个卖给我吗？要赶火车。光头惊讶地望望金小丁，又望望金小丁父亲。金小丁的父亲抽得正欢，鞭子发出呼呼的风声，啪啪打在陀螺上，陀螺又平又稳地急速旋转，上面带的彩灯发出炫目的蓝光，像一圈圈闪电。父亲中山服上的褶子不见了，父亲笑得稀里哗啦。金小丁从父亲的身影和笑声中，看见了父亲的童年，他迫不及待地开始掏钱。光头点点头，冲金小丁竖了个大拇指。

父亲带着丈把长的鞭子和巨大的陀螺，随着金小丁兴高采烈上了公交车。公交车上人不算多，父亲选了靠近窗口的位置坐下，把鞭杆竖起来，和陀螺一起紧紧搂在自己怀里。路过太原的公园和古建筑时，金小丁指给父亲看，父亲心不在焉地瞄瞄，目光又回到陀螺上。后来，公交车上人越来越多，父亲把鞭杆和陀螺越搂越紧，金小丁想到抱窝的母鸡。忽然，公交车司机喊，那位同志，把你的鞭杆放下去，小心捅着人。金小丁的脸红了，他示意父亲把鞭杆放下来。父亲摆弄了一下,碰着了前边人的肩膀,那人翻过脸来看了看金小丁父亲。司机说,把那个放平,平放着。金小丁从父亲手里接过鞭杆,往地上放时,碰了很多人,他大声嚷着对不起,还是引来几声责怪。忽然父亲站起来大声说,咱们下吧,别让他们踩坏。父亲的方言引来更多人的注意,父亲根本不管这些,他从金小丁手里往过拿鞭杆,捅了好几个人。车上传来哎呀哎呀的声音和咒骂声。司机猛地把车停了。金小丁父亲拿着鞭杆往车门那儿挤,边挤边说,明明好好的,非要让放平,放平,能放平吗?他生气地说。金小丁跟在他后面,抱着拳冲大家说对不起。

下车后,还有好几站。这么长的鞭子,估计出租车也放不下,金小丁自言自语道。父亲说,走呗,不信走不到,往哪边走?金小丁指了指东边。父亲拿着鞭杆和陀螺拔腿就往东边走。

金小丁跟在父亲后面。小时候父亲领他看电影、赶集、割麦子……的情景一幕幕涌上金小丁脑海。他跟在父亲后面,大步往前走。路过他多年前和妻子吃饭的那个地方时,金小丁安心了,他知道不会误车了。饭店的面貌已经焕然一新,里面坐着七八个人,有对夫妻就像他们当年那么年轻。他想起父亲拎着黑色塑料袋吃饼子路过这个窗口的情景,他想喊父亲进去,请父亲吃点东西。父亲已经拿着鞭杆走前去了,金小丁跟上去。

远远地,他看见太原站楼顶上的大钟,沐浴在金色的朝阳下,时针和分针形成巨大的倒V字形,白色的鸽子在天空飞。

9

金小丁父亲回到村里,刚过中午。大仙迎面走来。她朝他亲切地笑了笑,金小丁父亲也朝她笑笑,这么多年来,他们养成了默契的关系。金小丁父亲发现大仙不住地打量他,有些害臊,问道,看啥呢?大仙说,怎么一下子变年轻了,是不是进城约哪个女人去了?金小丁父亲忙摆手,哪里呢,我谁也不找。他申辩时露出刚镶上的牙齿,雪白耀眼。这种白顺着他的嘴唇蔓延到脸上,他整个人像被84消毒液浸泡过似的,干净清爽了许多。就连他的中山装,整齐得也让大仙诧异。大仙和他逗笑了几分钟,这是他们认识多年来最长的谈话。大仙还被金小丁父亲提在手里的鞭子吸引,笑问了一句说,你这是去赶羊呀?然后发现了他的陀螺，不知为何，笑了半天。

金小丁父亲看见大仙拿着串钥匙，在手里抛来抛去，有把钥匙特别大，像把小宝剑。他问这是什么锁子上的钥匙？大仙装作没听见。金小丁父亲觉得自己唐突了，不该问这个，便清了清嗓子问，你这是去哪儿？大仙含糊地回答一句。金小丁父亲没有多问。这么多年来，他习惯了她这种神秘。

金小丁父亲拿着他的长鞭和陀螺，径直去了铺子。

铺子前几个老光棍正在闲聊，他们习惯了待在这儿，尽管金小丁父亲不在。

他们看见金小丁父亲的陀螺和鞭子，都欢呼起来。这么大的毛猴！他们都啧啧称赞。有人拿过金小丁父亲手中的鞭子和陀螺，在铺子前的街道上就要抽。金小丁父亲忙过去教他怎样发动。尽管他是第一次，动作笨拙，还是让陀螺转起来了。马上引起了人们的惊叹。

还是大毛猴稳！

你说抽一鞭子能转多久？

它碾到人脚上一定很疼。

……

巨大童年

人越围越多，过往的行人和车辆故意绕到路旁走，害怕撞到这只陀螺。

几个老光棍争抢着玩，他们脸上散发着老年人很少出现的天真无邪的笑容，连皱纹都舒展了。金小丁父亲开了铺子门，端来大茶缸，倚在门口，边喝水边笑着看他们玩。

黄昏时分，这几个人还在玩着，他们力气用得差不多了，陀螺转起来有些有气无力，摇摇摆摆。看的人也少了，几个放学的小孩儿手中拿着游戏机，好奇地瞧了瞧，结伴往东走去。

忽然，街上骚动起来，不知道从哪里开始，一波一波传过来，抽陀螺的人感觉到了不安。几分钟过后，人们说大仙在大柳树下被人泼硫酸了。很快，街上的每一个人都说大仙在大柳树下被人泼了硫酸了。人们都朝大柳树奔去。

金小丁父亲关了铺子门，和几个光棍朝大柳树奔去。他总感觉几个伙伴的步子走得慢，催他们快点，快点，再快点。后来他等不及他们，一个人先走了。他脑海里不时出现中午见到大仙时，她手里一抛一抛的钥匙串，那把特别大的钥匙在他眼前晃来晃去。他想当时知道这是什么锁子上的钥匙就好了。

远远看见大柳树了，金小丁父亲再加快些速度，几乎奔跑起来。一群黑色的鸟在柳树上空盘旋着，哇哇乱叫。金小丁父亲赶过去，挤进人群，看到柳树前有块地上翻腾着褐色的细小泡沫，那么一小块地方，像撒了泡尿，不注意就错过去了。但却让他心惊肉跳。没有见到大仙。金小丁父亲压住心头的惊吓问，大仙呢？有人回答，送到县医院了。又有人说，估计得去市里或太原。金小丁父亲待在人群中，听人们议论刚才发生的事情。

有人说下午三点左右，看见大仙在大柳树下仿佛等什么人，他还以为她等去太原的车。金小丁父亲想，三点，自己刚和她见过面，要是多和她聊会儿，或许就不会发生后来的事情了，他开始自责起来。

有人接着说，四点钟我去挑豆浆时，看见她还在树下，手中拿着把钥匙，不停地抛来抛去，显得有些不耐烦。

钥匙呢？金小丁父亲问。没人搭理他。

五点多我路过那儿时，她还在，也是手里拿着把钥匙，心不在焉。我还想问问她等谁，忽然过来辆车猛地停在她面前。车上下来两个戴墨镜的男人，让大仙跟他们走，大仙不走，其中一个就从车上拿出一桶东西，朝大仙头上泼去。泼完就开上车跑了。那个车是黑的。那个桶也是黑的,刚才还在这儿,哎,哪儿去了?

天渐渐黑下去,鸟回到树上。

金小丁父亲拿着手电筒,又来了。那摊泡沫不见了,那块土地明显比其他地方颜色深。金小丁父亲伸出脚踢了踢,灼烧的感觉从鞋上传到他脚上。他打起手电筒,认真找起来,找了半天,没有找到那串钥匙,也没有找到人们说的那只桶。

回家的路上,一只黑狗猛地从金小丁父亲身边蹿过,金小丁父亲吓一跳,尖叫一声,狗也吓一跳,尖叫一声,村里许多狗接着大声吠叫起来。村道上没有其他人,路灯惨白的光照得村子越发寂静。水泥路许多地方起了皮,露出窗口般的洞,看起来脏兮兮的。金小丁父亲想,它们铺上才没几年。

第二天早上五点多,环卫工打扫街道时,看见金小丁父亲在铺子前抽陀螺。不知道他几时开始抽的,脸已经变得刷白,上面满是汗。他的中山服脱了,挂在门把手上,里面穿的秋衣被汗浸透了,出现深一道浅一道的不规则痕迹。他注意力都放在陀螺上,牙齿咬得紧紧的,根本没有注意到环卫工。环卫工喊了他几句,金小丁父亲没听见。

他的皮鞭发出呼呼的风声,每次抽在陀螺上,陀螺都震一下,然后跳起来,转得更欢了。环卫工等了几分钟,最后只好放弃了打扫他门前这块地方。

半上午时分,金小丁父亲去了大仙家。大仙的门紧锁着,他趴到门缝上往里瞧,晾衣绳上挂着几件衣服,在风中飘来飘去,有件粉色的内裤掉在地上,粉嘟嘟一团,像只未长毛的小鸡。金小丁父亲叹口气,走了。

第二天,金小丁父亲又过来,那条内裤不知道被风吹到哪儿去了,地上掉着件长袖衫。

此后,金小丁父亲每天去一次,大仙的门始终锁着,那些晾衣绳上的衣服陆陆续续掉下去,隔上一天,或者两天、三天,就不见了。

村里的人们开始还在议论大仙,有的说她完全被毁了容,躲到庙里当尼姑去了;有的说她到韩国整容去了;有的说她脸上只剩下个鼻孔,不敢出来了。慢慢地,没有人提她了。

人们看到金小丁父亲像变了个人,他总是在抽陀螺。没过几个月,他的鞭杆磨得光溜溜的,陀螺上有了层油光的包浆。他走到哪儿都带着自己的陀螺和鞭子,像带着个小娃娃。他的身体和气色也明显好了起来。

慢慢地，有了第一个，很快第二个、第三个，村里的每一位老头都人手一个陀螺。每到黄昏，街上到处都是抽陀螺的老头。他们兴高采烈，眉飞色舞，皮鞭舞得噼里啪啦响，像过年时放鞭炮。很快，周围的村子都知道这个村子里的老人们抽陀螺，他们带着新奇的心情来到这里，都被巨大的陀螺和老人们敏捷的身手震惊，回去之后，都想办法买这种陀螺。很快，这个地方老人们都在玩陀螺。人们发觉他们越活越开心。

夏季快要过去时，突然下了一场暴雨，所有的巷子都灌满了水。水往人们院子里灌去。家家户户拿了锹，用沙子、石头、泥块在门口筑起坝，挡水。金小丁父亲去大仙家看，水漫进了她家院子，浑浊的水面上飘着稻草、麦秸、白色塑料袋、五彩斑斓的方便面袋子，金小丁父亲瞧了瞧，垂头丧气返回家里。

天晴之后，大水很快退了下去，街道上留下些淤泥和垃圾，空气中散发着腥味儿。金小丁父亲去大仙家看。她家院子里也是黄黑色的泥，在这片泥泞中，他忽然看到一件粉红色的东西，一角露在上面。他心跳快了起来，搬了块石头，在大仙门口坐着。

下午，大仙忽然回来了。她戴着口罩，围着围巾，把自己裹得密不透风进了村子。快要过去的夏天，仿佛一下停住了。

金小丁父亲跟着大仙进了院子，拾起泥里面的内裤，然后在墙角发现了其他掉下来的衣服。他埋头去拾，忽然听到一声自嘲的冷笑，大仙进了屋子，插上门。金小丁父亲抱着这些衣服走到门口，要敲门，想了想转身走了。

他回了家，把这些衣服洗干净。然后买了只鸡，炖起来。

傍晚时分，金小丁父亲端着鸡汤，抱着衣服，朝大仙家走去，村子里到处是噼里啪啦抽陀螺的声音。

几天后的一个晚上，人们忽然听到打麦场方向传来热烈的舞曲。它不停地回响，挠的人心里受不了，许多人赶过去看。

打麦场上亮着灯，录音机灯光一闪一闪，放着舞曲。两个人在跳舞，前面那个是女人，捂着头巾，黑色紧身衣，高跟鞋。身影像是大仙，仔细看几眼，确实就是，她那股骚劲儿，村里别的女人没有。她的舞跳得好极了，扬手，转身，甩臀，都漂亮、妩媚，弄得人心里火辣辣的，那清脆的高跟鞋敲打在水泥地上，像小锤子在人心上敲。

后面跟着跳的是金小丁父亲，他穿着布鞋，裤腿还在裤管那儿挽着，随着音乐乱扭，根本看不出有什么节奏，别提有多难看了。人们指画着，哈哈大笑。这两个人似乎没有听到人们的笑声，继续认真跳着，一个是那么优美高雅，一个那么笨拙难看。人们开始只是觉得两人搭一起难看，看久了，竟觉得里面有种说不出的和谐。

第二天晚上，当音乐响起来之后，更多的人跑出去看。大仙还是围着黑头巾，看不出脸成什么样子了，但她的舞确实跳得好，简直不像村里的女人跳的。金小丁父亲跟在她后面继续乱扭，惹得人们哈哈大笑。一首舞曲结束了，大仙走到录音机跟前，去喝水。金小丁父亲还在认真学着刚才那几个动作。没有了大仙的领舞，他时不时忘掉动作，跳到一半时返回去重新去跳，像放电影不停按倒进按钮。

大仙喝完水，音乐又开始了。金小丁父亲马上停止刚才的动作，竖起耳朵。等舞曲一响，跟着大仙跳起来。这个曲子他更不熟悉，哪个动作都比大仙慢，开始差半拍，还能勉强跟上，后来越差越多，就胡乱扭了起来。但他扭得很认真，一点儿也不笑。

一曲接一曲，大仙和金小丁父亲跳下去，有几个别的女人加入了,她们跟在大仙后面,金小丁父亲自觉退到她们后面。慢慢地,越来越多的女人加入了,前面一片都是女人,只有金小丁父亲一个老头,跟在最后面。女人大概都有跳舞的天赋,她们没有大仙跳得那么好,但都比金小丁父亲跳得好。看起来,像金小丁父亲跟着一群女人跳。

几天之后,大仙摘下头巾。她的脸几乎全被毁,鼻孔烧得没有了,剩下两个洞,脸上全是疤,耳朵一只剩下耳垂,一只只有个秃桩,只有眼睛里偶尔闪现出妩媚的柔波,让人相信这是以前的大仙。她的神情比起以前更加冷傲,但村里人对她似乎柔和多了。

金小丁父亲每天吃过晚饭,兴冲冲提上录音机来到打麦场。这时通常还没有别人,他放开音乐,一招一式认真练习。

慢慢地,来的人越来越多,大仙来了之后,大家就开始一起跳了。村里女人们跟在大仙后面,金小丁父亲跟在最后面。很长时间过后,金小丁父亲还是跳得很难看,看起来根本没有跳舞的天赋,但他乐此不疲,似乎很享受这个时刻,每天第一个来,最后一个走,从来都是兴奋地手舞足蹈,像个孩子。

村逝

星期一上午十点多,宋辽的电话响了。政府办让去接人。宋辽对正在向他反映问题的几个村民摊开双手,苦笑着说:"看,又是上访的,去县政府了。你们等等,我去接人。"一个剃着小平头的人说:"宋书记你不会躲我们吧?已经找你几天了,好不容易逮着。"宋辽说:"我每天都忙啊,不是不接待你们。"有一个人说话更不客气,"你要是当缩头乌龟躲我们,明天早上我们就去县委大院堵门。""我接上人就回来,你们在我办公室等着。"这时政府办的电话又响了,催他赶快过去。宋辽吩咐文印员给上访的几个村民倒水,他把抽了一半的芙蓉王丢在桌上,说:"我接上人就回来。"出门前，那些人又叮嘱他："快点回来啊，你不回来我们不走。"

宋辽远远看见县委县政府大门口堵满人，外面停着几辆小车，还横七竖八停着些摩托和自行车。宋辽嘱咐司机把车停在人大门前，悄悄问人大看门的老头发生什么事了？老头说一个小孩在新城的马路上耍滑板，让车撞死了。宋辽"哦"了一声。他和政府办的文主任接上头，文主任领他挤进人群，在门洞里，宋辽看见一个八九岁的男孩直挺挺躺在一块门板上，穿着一身天蓝色的校服，面孔像塑料一样僵直，鼻孔那儿还在慢慢地往出渗血。旁边一个女人又开大腿坐在水泥地上，头发又长又乱，不停地哭，我的儿啊，你好命苦，你怎么就丢下我走了呢？宋辽的眼圈发红，感觉很难过。女人身边还有一个男人，蹲在那儿，抱住头一声不吭，不时用手擦一下鼻涕，抹在鞋上。

文主任说："你们镇上书记来了，你们跟他走吧，有什么事让镇里和县上协调。"宋辽说："跟我走吧，先把小孩找个地方安置一下。"女人突然站起来，"你能还我娃娃吗？什么世道啊，说是建新城，征下我们的地，光是修了条路就什么也不动了。我们农村，要那么宽的大马路干什么？你们弄好路也不派交警，也没人管理。我的娃娃都是你们害死的。"宋辽望了望外边,今天应该是个好天气,青天红日,天空蓝得一丝云也看不见。他说:"建新城是县委县政府的决定,也是全县人民的期望。工程进展慢,是因为地征不下来。"女人忽然蹲下去,爬在儿子身上大哭:"儿啊,你都是让他们害死的,让他们害死的。"文主任说:"小孩死了我们也很难过,你生活上有什么困难可以向政府提出,交通事故你应该找交警队和肇事司机,你觉得小孩的死政府有责任,可以向法院起诉。"女人说:"向法院起诉要钱啊,我们没有钱。撞死人的车也跑了,一个警察也没有。我们不找法院,不找交警队,就找政府。"旁边人群里也有人喊:"就找他们政府。"文主任摇摇头,拍了一下宋辽的肩膀,宋辽跟在他后面挤出人群。身后的哭声又大起来,"儿啊,你可怜啊!"

文主任说:"等吧,看他们啥时没劲了提条件。""等吧。"宋辽摸摸口袋,才想起刚才把烟放在桌子上了,他对身后的党委秘书说:"去买两包烟。"秘书把烟买回来,宋辽给文主任塞了一包,拆开一包,先给宋主任点了一根,给秘书一根,说:"你回去告诉上访的,我回不去了,让他们明天八点上班后来,最好把反映的问题准备成材料。你再给在鸿运订桌饭。"宋辽对文主任说:"中午我请政府办领导吧?"文主任说:"又吃你了。"宋辽说:"多谢你及时通知我。"

围着的人群渐渐散了,又有新的路过的人围上来。女人的嗓子已经沙哑,痴痴地看着儿子。她的表情也慢慢僵硬起来,像一块硬邦邦的树皮,上面有些地方沾满土,被虫蛀了一样。

中午的时候,县委县政府大院的车都从后边一个小巷子里走了,院子一下空了。看热闹的人也没有了,只剩下那个小孩一家人和几个亲戚。

宋辽对文主任说:"你坐我的车吧,打电话招呼上弟兄们。"他们走的时候,那几个人好像都没了主意,看他们的目光有些恨意。宋辽过去对那几个人说:"都中午了,领导都走了,跟我走吧,有啥条件我和县里汇报。"男人们的目光犹豫起来,女人扑起来,"不,我们就不走。"

宋辽和文主任他们吃完饭,心里搁记着堵门的那一家人,匆忙赶回来。门口只剩下女人和男人,那些亲戚们也不在了。地上放着喝剩下的半瓶水和半块面包。宋辽说:"跟我回吧,你们在门口堵一百天也没用,最后警察会出面。小孩出事,也不能全怪政府,该咋还得咋啊。"男人的目光有些茫然,说:"我的孩子就这样没了?""这不由人,该怎样就得怎样,想办法吧。"女人像被蛇咬了一下,说:"想办法?你倒是给想个办法。"抱住孩子又哭起来。宋辽给男人一根烟,说:"你劝劝女人。"

宋辽觉得心里有些堵,要建新城都三年了,地还没征完。县里让他到阳关任职,因为他在企业当厂长时,工作做得很硬。可是农民和工人不一样,他们不相信政府,也不相信法律,每件事情还都想通过政府解决,什么事情都来上访,他这个党委书记快成信访局局长了。

下午,机关上班的人少了,偌大的院子空荡荡的,门口两株槐树的叶子光秃秃的。以前这儿是两棵唐槐,可是去年死了,有人说是大院路面硬化弄的,具体原因也没有人去查。事务局又从市园林办买来两棵,栽的时候正好是冬天,用塑料布包得严严实实,很高大,人们不知道是什么树,后来才听说是槐树。宋辽去了乡镇特别忙,每次来大院匆匆忙忙,竟没有注意它们,现在它们这样子,宋辽不知道是春天没有发芽,一直这样,还是刚把叶子落完。一年,眨眼间就过去了。

宋辽觉得门口这两个人可怜,但是他们这样做绝对不对。以前对待这种事,他毫不手软,该怎样就怎样。现在学会拖了,好多事情都是拖着拖着不了了之的。

下午看热闹的人少，没有人推波助澜，这两个人比起上午，劲头小了。这种事情，一定背后有人指使，一般老百姓不至于来堵县委县政府大门，因为这里毕竟不是镇政府。堵门，这需要有多大的勇气，还得冒着被人戳脊梁的危险。宋辽想，该有个人来了，再迟谁都不好下台，还有许多事情要协商。可是男人和女人好像都呆了，木木地看着他们的孩子一动不动。宋辽叹口气，给马堡的村支部书记马胜利打电话："你到县委门口，找辆工具车。"马胜利说："他们到县委了？"宋辽鼻子哼了一声，没有回答，心里却生马胜利的气，知道他们来县委，还不拦住，也不早点通知他。挂了电话，宋辽又觉得叫马胜利来不大妥当，上午来的那些人都是反映他的问题，要是小孩的家长和他是对立方，矛盾是不是会搅和到一块？他给马胜利打电话，想把事情先问清楚，可电话嘟嘟响着，没有人接。宋辽心里生气，又点了根烟。他发觉自己最近抽烟越来越凶。医生告诫他一定要戒烟，心里也下过决心，但一有事就想吸。

宋辽刚把烟点着，马胜利就从他的帕萨特上下来了。宋辽没有想到马胜利这么快，怀疑他一直就在旁边躲着。马胜利还带着村里的会计，笑呵呵地说："宋书记好，这儿的事交给我吧，我来做工作。"马胜利有这种态度让宋辽心里一暖，问："你找工具车没有？""马上就到。"说着他和会计马步跑到那家人面前，说："你们这是胡闹，怎么跑这儿来了？有啥事可以找村委，找我呀。"男人的表情还是很僵硬，说："我们的娃娃没了。""娃娃没了再想办法，堵这儿能让娃娃活过来？你看娃娃多可怜，快把他弄回咱们村吧。"马胜利边说边抓住门板一边，马步抓住另一边，工具车正好开过来，停在门口。两个人抬起门板往前走，男人呆了，望老婆。女人抓住门板说："我们不走。""不走能怎样？我还要陪你们去交警队呢！人没了，只能想办法多拿点赔偿。"女人猛地哭了，歇了半天，新积蓄起的力量一下都爆发出来，声音猛烈而悲恸，有些歇斯底里，"娃娃，娃娃。"又猛地停住，盯着马胜利问："你答应我们的事能办？""办，马上办，不办你们还能再来堵呀。"马胜利和马步把门板放工具车车厢里，男人像被一根线牵着，也跟着上去，女人在后面爬了几下，没爬上去。马胜利抓住女人的肩膀说："坐我的车吧。"马步扶着女人向帕萨特走去。马胜利对宋辽说："宋书记，我们回去，明天向你汇报。""你不是胡乱答应人家什么吧？""宋书记你放心，绝对不违背原则。"宋辽挥挥手。马胜利说："再见。"

宋辽感觉很烦，司机把他的桑塔纳开过来，打开车门。

宋辽说:"你先走吧,我自己转转。"宋辽开上车,一出城,加大油门奔起来。

第二天早上七点多的时候,宋辽被电话铃吵醒。住在单位的司机说马堡上访的人现在就来了,有二十几个,还打着条幅,问要不要过去接他。宋辽想想说:"来吧,昨天和他们说好了。"宋辽挂了电话,又拨通马胜利的,问:"昨天的事情处理得怎样了?""他们答应把娃娃埋了。""你答应人家什么条件了?""我一会儿正要过去向你汇报。他们要块宅基地。""你们村还有地方吗?""我答应人家了,想办法吧。""你上午不要过来了,有人反映你的问题,你回避一下。把昨天的事一定要妥善处理好,最好早点督促他们把孩子埋了。""那我就不过去了,宋书记你有什么事电话通知我。"宋辽穿好衣服,洗漱好,妻子把面端上来,吃完面,司机按门铃。

一到镇政府门口,宋辽就看见一大群人堵在门口,有两人打着一个白布写的条幅,上面写着"惩治腐败,铲除恶霸"。宋辽心里有些发火,觉得这些人做得有些过分。他的车到了门口,人群让开一条路,然后人们跟着他进了院子,上楼,进办公室。宋辽说:"你们把反映材料整理好了?"领头的那个小平头从口袋里拿出几页打印好的材料。宋辽看到上面写着"惩治腐败,铲除恶霸——马堡村支部书记马胜利犯罪纪实材料",下面详细列着十项内容,后面是众人的签名和手印。宋辽说:"我们会派人详细调查的,有了结果一定做出处理,你们等通知。"小平头说:"您是书记,忙,还是我们来吧,再过三天,您能给我们个结果吗?""三天太少,你们反映这么多问题,我们得一项项调查清楚,见当事人,下星期一你们来吧。""好,我们下星期一来,到时没有结果,我们去找书记、县长,再不行去省里、北京。"

马堡的人走后,宋辽叫来包这个片的副书记和纪检书记,让他们在星期五之前一定要把村民反映的问题逐一调查清楚,形成书面材料。

这些人走后,宋辽把自己反锁在办公室里面,拿出马堡征地情况的报告。这时他听见外面车响了一下,从玻璃上看到马胜利的帕萨特进了镇里。过了不到一分钟,门外响起敲门声。宋辽苦笑一下,开门。胜利一进门,就随手把门锁上。问:"那些人告我?""反映问题。""球,他们想干让他们干去,我早不想干了。""你不要急躁,事情要认真调查,没你的问题你继续给咱好好干,有你的问题想躲也躲不了。你现在不要有包袱,结论出来之前该干啥还得干啥。"

"干,怎样干呢?你说我昨天答应给人家宅基地,现在人们告我乱批宅基地,我到底给不给人家呢?""这个尺度你自己把握,不能违规操作。""啥都照规矩,我干不来。这几年上面没有土地指标,宅基地还不都是村委批了,村民盖起来,土地部门罚点款了事?""咱们不谈这个,你弄好就行。新城的地征得怎样了?"一听这个,马胜利的火来了,"政府没有规矩,新城周围老百姓自己卖给开发商的地,一亩二三十万,政府征一亩三万多,老百姓都不让征,嫌钱少。""征地补偿国家有标准,前几年三万不也征了些吗?""那时开发商少,老百姓也不知道地值钱,一亩玉米一年纯收入顶多两三百元,三万块钱得种一百年玉米。现在谁都知道地值钱,有块好地就等于存着一大笔钱,谁想贱卖呀?以前让征了地的人家也后悔了,还想往回弄呢。""有情况你及时反映,镇里也打报告,让县里严格控制新城周围的土地。""谁也管不了。那些开发商都有硬背景,要不没有土地手续就敢先买地?这烂村干部,村里没钱的时候谁都不想当,现在都眼红了。"宋辽让他低调些,情绪稳定些,到村里不要乱讲话。可他也清楚马胜利说的是实话,新城周围哗哗起楼,谁看不见啊,镇里也出面拦过,能拦住吗?马胜利激动地说:"老百姓能踢起多大的土?他们背后有人在指使,你们应该调查一下马刀和老书记。""我们知道怎样开展工作,这几天你要积极配合,一不能在村里说打击报复的话,二不能把工作撂下不管。"

送走马胜利,去县里开会的镇长回来,说:"马堡那些人闹到县里了,到处发传单。"他把一份给宋辽看,宋辽的脸阴沉了。马胜利在马堡当了十几年村干部,这个村子一直是红旗党支部,是阳关的一面旗帜,也是全县农村建设的一面旗帜。马胜利多次被评为省、市、县各级模范。宋辽刚来时,去下边视察,看到马堡的支部和村委办公室墙上挂满了奖状、锦旗。现在,马胜利在马堡建占地十亩的全县最大的农民文化广场,还没完工,已经成为县里新农村建设中的亮点工程,省市领导多次来视察。这个红旗在自己手里要倒下吗?

宋辽让副书记和纪检书记先去马刀和老书记家调查。马刀不在,打电话约好才回来。一进门,马刀说:"这几天我出了点事,不敢回家,在外面躲着,不是你叫我不回来。"副书记问:"啥事情,了结了吗?""买了辆黑车,让人告了,公安局把我带走,先交了罚款被保出来了,车也没收了。谁知道以后有没有麻烦?""人们告马胜利的事你知道吗?""知道,但我没有参与。"马刀一下警惕起来。"你知道怎么回事吗？以前好好的，为啥一下闹这么大？""不知道。可能是马胜利惹的人太多了。我们村人赌博经常让抓赌，抓了之后都是马胜利马上知道消息去保出来，后来人们才知道都是他告的。"马刀的声音有些怨毒，"而且他也太贪，胆子太大。国道旁那么多地方，他都批给他的亲朋五六，他小舅子批下卖了还给批，没房住的人一间也弄不上。以前村里做磨房的大院子，他弄成自己的，开了煤厂，人们估价现在最少值二百万。"乡镇的两个领导吸了口气，说："这些问题我们会调查清楚，告状的事你没有参与？""没有。"马刀一口否认。

接下来陷入沉默。马刀忙乱着给他们倒水削苹果。马刀的老婆接上放学的闺女回来了。

副书记说："希望你不要参与告状，背后能做点工作做点工作，以后你还是下一任书记的重点人选。"马刀说："是，我可以压这件事，但恐怕没有用。"没想到马刀的老婆一下爆发了，"我们想当，肯定是想当，从民兵连长、副主任、主任一直干，村里谁说过马刀个赖话，多难做的工作不是马刀出头？一肩挑的时候，当时马刀要竞争书记，马胜利悄悄和马刀说，他已经当了二十年村干部，想转成国家工作人员，听说上头也有这个政策。他再干一届无论能不能弄成，他也不干了，让马刀接班。他一肩挑后，马刀当村委副主任，还行使村委主任的权力。可是他当上后，啥时给过马刀权，不给权我们也不争，他不要胡来。那天开会也不和马刀事先通个气，那么大的事，让马刀同意。马刀事先啥也不知道，喝了酒，一生气，把会搅了。晚上公安局的就来了，说马刀买赃车，把他带走了。马刀买赃车，只有马胜利知道。赎马刀的人向公安局打听，就是马胜利告的，他还说让多判马刀几年。我们也找人打听，是马胜利告的。你说他是个人吗？"女人边说，边哭了。

出了马刀家，又去老书记家。老书记的头光秃秃的，院子里的菜蔬已经都收回去，菜畦整整齐齐的，有些枯黄的葫芦蔓子爬在架子上，上面吊着几个金黄的葫芦，院里还有一棵高大的苹果树，房子也高大气派，一看日子过得不错，人心劲儿也足。

纪检书记问："你知道这些天人们告马胜利的事吗？"
"后生长大了。"老书记感叹，却什么也不再说。

接下来的几天，副书记和纪检书记不断把调查的结果反馈回来，除了两件事情子虚乌有外，几乎件件都有落实。马胜利开煤厂、铁矿选矿厂，把村里闲置的土地以极便宜的价钱承包给各种开发商，承包期从三十年到五十年不等。国道旁的宅基地，批给自己的亲戚、好友，村干部和村里的大款、刺儿头。戏剧性的是，煤厂是和前书记老黄一起弄的，承包土地手续上是当时的书记老黄签的字。选矿厂是和马刀一起弄的，承包合同上是当时的村委主任马刀签的字。国道旁的宅基地有老黄的，老黄亲戚的，也有马刀的，还有现任会计马步的。这些财产粗略估计，是很庞大的数字。

宋辽想到新城征地中父子反目、兄弟操戈、邻居成仇的事情。土地成了农民手中巨大的财富，也成了他们唯一的财富。宋辽不知道这些农民把土地转化成财富后，他们会去干什么，但马胜利这些村干部，利用手中的职权，把集体土地鲸吞私有，三十年、五十年占有它们。更可怕的是他们做这一切的时候，都是悄悄地以组织的名义进行，有会议记录，有手续，一切荒唐的事情都有了合法的外衣。宋辽以前听说阳关的村干部财大气粗，没有想到发展到这种程度。

宋辽想找马胜利谈谈，找这个十几年红旗支部的带头人谈谈。打了几次手机，关着。打家里电话，老婆说去省城看病去了。倒是外边有些电话不时打进来，有县领导的，有局级领导的，也有和他一样当乡镇领导的，他们用不同的口气说着同一件事情，慎重处理马胜利的事情。

宋辽觉得烦，烦透了。

镇里召开了一次党委会,讨论马堡的班子问题。没有人发言。党委成员们一根接一根抽烟,很快会议室内就成蓝的了。宋辽挨个点名让大家说说,可是没有一个人明确表态,都含糊其辞。党委秘书打开窗户,蓝色的烟淡淡飘出窗外。宋辽觉得自己的生命和这缕缕飘逝的香烟一起慢慢消失。

这种事情,其实谁都清楚,绝对有问题,绝对是以权谋私,要不是村干部,连一块二分大的宅基地都很难弄,别说这么多了。但大家不知道书记是什么意思,不知道开会的人背后谁和马胜利关系好。大家还知道,好多村干部都这样干,要不镇里一般领导还在骑自行车、摩托,他们却一个个都开上小车?凭他们的智商和本事,吃屎去吧。而且,镇干部还有一个说不出口的道道,乡镇副职,有职无权,他们还希望从村干部那儿弄点实惠,报个条子,吃顿饭,这样一来,就软了。宋辽见研究不下个结果,只好安排纪检书记按纪检条例拿出个方案,明天再上会研究。

会一散,人们回到自己的办公室里热烈地议论起来,一些大村的干部也来打听消息,毕竟,他们在好多事情的做法上是一致的。但结果似乎也不用讨论,农村干部,不干就完了,还能怎样?用一句幽默的话说,农村干部是露水干部,太阳一出来就完了。再有人反映,是纪检委和检察院的事情了，但一般告状的人不会把事情弄到那个地步，乡里乡亲的，抬头不见低头见，一不当村干部，和别人也就一样了。

第二天的会和人们预想的一样，同意马胜利辞职。他的辞职有人去做工作。同时给马胜利记过处分，马刀、老黄警告处分。这让人们多少有点意外，但一想，也就通了。对告状的人，中国人历来是有看法的。老黄、马刀是老干部，自己不清不白，却参与告状，换哪个领导也不会手软。

接下来马堡要任命一个新的书记，这是非常迫切的。马堡的地要继续征，新城建设不能再等了，它关系到宋辽的工作能力和前途。马堡的新农村建设要继续搞。这是当前的政治大形势，尤其那个农民文化广场，年内一定要完工。可谁是人选，宋辽心里却没底。仔细一想，这么大个村子，除了村干部和几个在社会上名气响亮的人，其他人都是模糊的。但村干部威信高的几个都给了处分，其余的几个，其实也就是一个会计了，是和马胜利关系极大的会计。社会上那几个名气响亮的人，各有各出名的原因，有些是说不出口的。

晚上，宋辽接到县领导的一个电话，他以为又是说马胜利的事，有些烦。没想到却是让他帮着打听一个搞收藏的，据说是马堡人，在北京的一个拍卖会上买到本县先贤、清末四大才子之一冯志沂的一本手札。冯志沂，宋辽在县志上看到过，不大了解，他从百度上搜了一下，出来好多内容，词条上写着：

"冯志沂［清］（公元一八一四年至一八六七年），字鲁川，山西代州人。生于清仁宗嘉庆十九年，卒于穆宗同治六年，年五十四岁。道光十六年（公元一八三六年）进士。授刑部主事，持论不肯唯阿。历官安徽庐州府知府，以清静为治。志沂尝从梅曾亮游，古文得其家法；兼工诗，与张穆、朱琦、曾国藩等相唱和，曾亮赠诗有'吟安一字脱口难，百转千缫丝在腹'语，其刻苦如此。所著有《微尚斋诗文集》《清史列传》行于世。"

宋辽没想到马堡还有这样的人物，他让片长去打听马堡谁搞收藏。片长马上回答，会计马步。宋辽想起那天在县委门口见到的马步，一脸大胡子，眼睛又大又亮，不爱说话。他让片长联系一下，看马步在不在家。得到肯定答复后，他们一起去了马步家。

马步拉亮灯在大门口等着，进了院子，宋辽看到些石人石马和一截汉白玉做的栏杆，上面蹲着一个栩栩如生的狮子。宋辽问："哪来的？"马步说："前几年修河道的时候挖出好多，我挑了些完整的，保护起来。"马步用"保护"这个词，让宋辽觉得有些意外。马步的房子不多，三间瓦房，两间耳房，一看就有些年头了，在明亮的灯光下，有些地方漆皮已经剥落，旁边那些又高又大的新房子给它们投下些暗黑的阴影。进了屋子，宋辽看到正面是一个过时的组合柜，里面摆满了书，大多是收藏方面的，还有一套占了很多地方的《辞源》。宋辽问："你搞收藏多少年了？""有二十年了吧。""能让我看看你收藏下的东西吗？""我只有一样好东西。"说着马步从电视柜的下边取出一包东西，放在桌子上，然后小心翼翼地打开报纸，里面又用绸子包着，打开绸子，是一本黄色封面绫裱的书一样的东西，上面写着《冯志沂手札》。宋辽有些激动，打开手札，书页发黄发脆，捏在手里像一只好不容易捕捉到的蝴蝶。宋辽觉得时光开始逆流，那个当年的进士，刚正不阿、清静为治的庐州府知府仿佛穿过时光，像烟雾一样飘在他眼前。宋辽读手札上的字，都是繁体，自己大学上的理科，竟然读不大懂。他站起身来，觉得胸中鼓鼓的，有一股气在荡漾。他想再过百年，人们会说起他这个小小的阳关书记，或者他会有丝毫的痕迹留在百姓心中吗？他透过窗户，看到满天星光。宋辽说："再让我看看你的其他藏品好吗？"马步拿出些用报纸包的小包，一个个打开，是些栩栩如生的刺绣，有肚兜、荷包、帽檐、腰带、绣花鞋，漂亮极了。那些针脚细细的，密密的，经过很多年，仍然保存得这么好。宋辽觉得历史是如此真实可信。当年那些少女或女人们给情人、丈夫、孩子、老人和自己绣这些东西的时候，谁会想到会保存下来，历史不经意间就做到了。

回的时候，马步一直把他们送到巷子口。宋辽的车走出好远，他返头望去，巷子口还站着一个黑乎乎的影子。

第二天，几个镇领导继续开会，研究安排谁下一步当马堡的书记。

快中午的时候，马胜利来了，拿着一份写好的辞职报告，说："今天中午我请领导们吃饭，吃个散伙饭，以后来这儿的机会就少了。"宋辽坚决表示不去，其他领导也说不去。"那我下台后在家里请领导们吧，那时就委屈大家了。"接着他问，"让谁当书记呢？"宋辽说："你觉得谁合适？""给谁也不能给告状的，他们当上，我啥也不干，就告状。他们今天当上，我明天就开始告。"宋辽皱了皱眉头，说："到时就知道了，我们正在研究。"马胜利走的时候，又说："你们不去吃饭？"副书记回答："不去。"把门拉开，等马胜利出去又关上。

然后，马飚来了。

马飚宋辽是了解的，但接触不多。他们是初中同学，那个时候马飚特别爱打架,拿起啥东西都敢打。在街上看别人打台球,在社会上很有名的小四毛撞了他一肘子,看他小,顺手摸了他一下牛鸡。马飚拿起颗台球就朝小四毛头上打去,小四毛躲得快,吓出一身冷汗。放下球杆,就说要交他这个朋友,请他吃了顿饭。后来马飚还是因为打架被开除了,一直在社会上混。宋辽外出上学,毕业后去新闻办写稿子,宣传部当干事、副部长,企业当厂长,一直在一个圈子里混。时不时听人们说起马飚,给人当保镖,下煤窑,开赌场,围壶,开当铺,后来趁县里一窝蜂开铁矿,强行占住一处矿山,赶上好行情,成了大款。

毕业后第一次和马飚打交道,是和县四大班子领导及乡镇领导一起视察"村村通公路"建设情况,那时他还在企业。来到马堡的时候,分管副县长挽着一个人的胳膊对县长说,我给你介绍一下,这就是大名鼎鼎的马飚,浪子回头金不换的典型,这次村里修路他捐了四百万。县长和马飚握了手,拍着他的膀子说好好干,有什么困难和我说。马飚不卑不亢地笑了笑,从车后备厢拿出五条软中华,给每人发了一条。那一刹那,对宋辽的刺激太大了。他想起自己见了县长的样子,腰总是弓着,脸上赔着笑,耳朵像降落伞那样大张,总害怕漏听一句话。可马飚那么自然,那么自信,就好像县长是他老朋友似的。宋辽心里骂了一句,装逼!他觉得他是在嫉妒马飚,可是他没有理由嫉妒他呀!在心里边他是鄙视马飚的,觉得他是黑道混出来的,要不是赶上铁矿大开发,说不准马飚早坐牢了。可是他不得不承认,那一刻他很沮丧。

第二次和马飚打交道是县里开人代会,宋辽是代表,没想到马飚也是代表。分组讨论的时候他们分在一组,宋辽看到马飚有些意外。领导们和马飚好,宋辽能理解。可是人大代表是选出来的,群众的眼睛里有钉子,他们却选上了马飚,他们难道把马飚走黑道的那些经历都忘了?马飚还是那种大大咧咧的样子,讨论快结束的时候,有人起哄说人家其他组大款代表都给别的代表买东西了,咱们马总没点表示吗?宋辽听到人们叫马飚马总,心里觉得很别扭。没想到马飚没有一点不自然的感觉。他向记录的工作人员要来一沓纸,裁成二指宽的小纸条,当场写下一些字,送给各个代表和工作人员,说去县里最大的超市可以取一千元钱的东西。人们都说还是咱们马总豪爽。宋辽看着小纸条上歪歪扭扭写着"马飚"两个字,觉得凭这就可以去超市拿东西吗?没有章,连个手印也没有。后来宋辽的老婆去了,给自己买了一身套裙,还给宋辽买了条皮带。宋辽觉得马飚确实神通广大。没过几年，马飚被选为市人大代表、省人大代表、省工商联理事、全国十大明星企业家，宋辽觉得社会疯了，人们都疯了。

马飚来了是请大家吃饭。宋辽还没有答应，已经看见副职们脸上按捺不住的兴奋。宋辽知道，这类大款请客吃饭很大方，会去县城最好的饭店，吃海鲜，喝蟹粥，发中华或冬虫夏草，吃完饭还可以去唱歌或洗桑拿。他们不缺的就是钱，而且人们也以结识他们为荣。宋辽想拒绝，他不想给这类人当配角。可是没等他说话，马飚说："咱们顺便谈谈马堡班子的问题。"宋辽听了这句话，一股气不由自主冒上来。他想，你再有钱，也是你有钱，你或许可以拉选票操纵选举，但任命支部书记还是我镇党委书记的权力，你凭什么干涉啊？但他知道自己不能轻易发火，这种人势力有多大他可能永远也估计不到。宋辽说："你可以谈谈你的想法。""咱们边吃边谈吧。"马飚说着拉住宋辽的手。他的手劲真大，宋辽一下觉得手不能动了。然后他看见副职们收拾东西准备出去搭车。宋辽觉得自己坚持不去也没意思了。他说："你前边走。""你坐我的车。"宋辽跟着马飚下楼，边下楼边后悔答应马飚的邀请。

马飚的饭局果然设在县城最好的饭店海外海，点了一大堆海鲜。令宋辽生气的是，马飚上了五粮液后，让服务员给每人满满倒了一大杯，他自己却要了杯白开水，说他不能喝酒。宋辽不相信马飚这种混社会的不喝酒。他说："你不喝我们怎样喝呢？要想客人喝好，主人必须喝倒。"说完这句话，他觉得自己有些贱。副书记问服务员要来酒，给马飚倒，说："第一杯你也得满了，喝了第一杯可以不喝，我们得感谢感谢马总。"马飚用手掩着杯子说："我一点也不能喝，保健医生不让喝。"宋辽一听他说"保健医生"，感觉有些反胃。可是马飚招呼服务员："上茅台，谁不爱喝五粮液可以喝茅台。"服务员拿上两瓶。马飚说："打开，都打开。"宋辽觉得局面一下都被马飚控制了，而且他发现今天自从见了马飚，没有见他笑过一下。想完，他又后悔了，他想自己这是怎么了，怎么会在意马飚笑不笑呢？

酒席就这样在尴尬中开始了。马飚不喝酒，但很会劝酒，一会儿气氛就被搞起来了。马飚对宋辽很尊重，回忆起他们上中学时的种种趣事，说宋辽上学那会儿学习好，也很受女孩子们喜欢，他最羡慕的同学就是宋辽。还说宋辽年轻有为，没有任何社会背景就当上全县最大的乡镇阳关的书记，相当于北京市的书记。马飚的这些话引得大家不断喝彩，镇里的其他领导轮番敬宋辽酒，宋辽觉得自己不是配角，大家还是围着自己转的，喝着喝着就高兴起来了。他想到马飚不能喝酒，少了人生一大享受。他故意一杯一杯和自己的副职们干，觉得还是当官有权，比有钱威风。

在酒宴快结束的时候，马飚忽然问："马胜利下台后，谁当马堡的书记？"宋辽觉得自己喝得高了，头沉得快要抬不起来。他说："没有呢。""我看马步很合适。"宋辽马上回答："不行啊，他和马胜利是一起的，他当上老百姓不会同意的。""只要镇里考虑好了，我去做老百姓的工作。"宋辽想起昨天晚上巷子口那个黑乎乎的影子，和那本《冯志沂手札》，觉得马步当上也不错。

马飚要请大家去洗桑拿，说解解酒，宋辽说什么也不去，说："你带别人去吧，我要睡觉。"

宋辽是被电话铃吵醒的，睁开眼睛，头还在发涨，他看见是妻子的电话。然后，他看见身边躺着一个光溜溜的女人。宋辽吃了一惊，问："这是哪里呀？"旁边的女人回答："王子酒店秋香为您服务。"宋辽急了，大声问："这到底是哪儿呀？"女人反应过来，说："云州。"宋辽没有想到自己出了县跑这么远。看手机，上面有七个未接电话，五个妻子的，两个司机的。他忙穿衣服。穿好衣服问女人："我是怎样到了这里的？"女人摇摇头说："我被叫进来你就躺在床上。"宋辽要给司机打电话,想到中午吃饭时没有带司机。他出了房间,天已经很黑了,血色的霓虹灯把夜空映得像着了火。大堂里一个漂亮的女人过来说:"先生您醒了。您的朋友让我告诉您好好休息,他回去了。""回哪儿?"宋辽出了大堂,发觉停车处没有他的车。他给副书记打电话,问:"你在哪儿?""我在家里。中午吃完饭你喝高了,马总安排我们洗澡,说他送你回家。""明天上午你找马步谈谈。"挂了电话,他又接通妻子的,说:"在市里开紧急会议,开完会吃饭,手机落房间里了。""也不早打个电话,明天回吗?""回。"进了大厅,大堂经理过来问:"先生,有需要我们服务的吗?""送我来的那位朋友呢?""他有事走了,他让您明天自己回。您在这儿的一切费用由他来结。"大堂经理把一张信用卡给宋辽。宋辽拨马飚的电话,关机了。宋辽说:"鳖,你当我是鳖吗?""我想吃饭,有吗?""这边请。""算了,弄碗羊汤面送我房间,多放点辣子。拿一小碟咸菜。""好的,我们为您服务,请稍等。"宋辽想到自己刚才匆匆下来,没有注意是几号房间。有一个小姐过来,说:"先生,这边请,我领您到房间。"宋辽心里想是不是换个房间,不知道刚才那个姑娘走了没有。可是脚已经跟着人家走了。进了房间,看到床上那个女人还躺着,宋辽有些害怕,又暗暗有些高兴。姑娘顶多十七八岁,挺漂亮。宋辽想让她出去,又觉得这样有些做作,便想,笑纳了吧,不能世界上的好东西都让那些狗日的大款享受。他想看看房间里有没有摄像头之类的东西,想了想,觉得马飚没必要这么做,自己只是一个小小的乡镇书记,马飚不需要费这样的手段。他大概只是想和自己联络联络感情,而且怕自己不好意思,已经回避了。想到这里,宋辽觉得马飚挺会办事。

星期一,宋辽带着人去宣布马堡的班子问题,村委院子里挤满了人。马堡村委院子墙上贴着些大幅的计划生育宣传画,塑料画颜色已经褪得发白,上面沾满乱七八糟的污垢,有的一角已经开了,也没人去管,就垂下来耷拉着,十分凌乱。贴着墙根种满了槐树,都已长得一房多高,把院子遮得黑乎乎的,下面落满叶子。一切都是颓废的,凋零的。宋辽想,或许真该换了,没有人告状也应该换了。记得这个村委大院盖成后,还举行过盛大的仪式,那时他在厂子里就听说了。门口的碑记上还记载着大院的修建过程,当时马胜利和马刀是亲密的合作伙伴,现在却反目成仇,又双双下台,时光仅仅过了几年。

纪检书记宣布,同意马胜利辞去村支部书记、村委主任职务，给予记大过处分；给予现村委副主任马刀警告处分；给予原村支部书记黄……警告处分。人群一下乱了，呼一下涌上前来，告状的小平头喊："包庇，包庇，马胜利那么严重的错误，怎么光给个记过处分？我们不服气，我们去县里告。"还有人在小声嘀咕："怎么搞马胜利，把马刀和老书记也牵扯上了？"院子里的群众似乎都不满意，声音越吵越高，大概有一百多人同时说话，谁的声音也听不清了。宋辽觉得这件事情没有搞好，把群众的意图还没有摸清楚。这时，马飑来了。宋辽先看见门口有人耸动，然后人们让出一条路来，马飑走在最前面，他后面跟着七八个人，宋辽感觉这和电影中一些镜头一模一样。马飑走到宋辽身边，说："大家静一静。"马飑的声音并不高，可是人群就静了。先是离马飑近的人不说话了，然后后面点的，再后面的，人群像波浪一样，在马飑说过话后，一圈一圈静下来。马飑接着说："镇党委宣布咱们村子班子的问题，是经过认真研究的，大家不要起哄。接下来还要宣布咱们新书记，大家认真听着。"宋辽以为马飑能讲出多少道理，或者多严厉的话，没想到就这么平平淡淡几句话，人们不闹了。

副书记趁机说："接下来我宣布任命马步为马堡村支部书记。"人群又出现轻微的骚动。马飑说："大家有什么意见，可以找我去谈。"人群又静了，有人开始悄悄离开会场。宋辽说："大家欢迎马步书记讲几句话。"有人鼓起掌来，很快掌声就热烈了。马步说："我不会讲话。我当了，以后大家有什么事随时可以找我。我要带领村委继续搞好新农村建设，继续完成征地任务。"宋辽从村委出来，感觉刚才的一幕像演戏一样，自己好像是一个跑龙套的。副书记说："宋书记上车吧，这下马堡的班子定了，工作不会落套。有马飚支持，马步的工作好干。"宋辽觉得也只能这么想。

没有想到，从第二天开始，马堡村民开始了新一轮告状。他们印了好多材料，去纪检委、检察院、县委县政府、人大告马胜利，自然也牵扯到马步。他们每天的告状像完成一个仪式。一到上班时间，一大群人先去找书记、县长，然后纪检委、检察院，从人大出来，就浩浩荡荡奔向镇里。他们一致认为对马胜利的处分太轻，还任命马胜利的部下马步任新书记，纯粹不负责任。宋辽只好一次一次给他们解释，马胜利虽然以权谋私，但他侵占的土地都有合同和手续，是合法的。镇里也只能给行政上的处分。这些人根本不听，认为就是包庇马胜利，而且马步的事情也解释不清楚，一个村支部书记做啥能离开会计，为什么马胜利下台，让马步上台。宋辽给他们解释几次，慢慢地觉得连自己也说不过去了，马胜利国道旁的房产、煤厂、选矿厂的占地是明摆的事实，而且谁有了这些土地资源，谁就有了一大笔财富，这些都是他当干部、书记时谋得的，让马步当书记，逻辑上也解释不清。那段时间，县委办、县政府办不断让宋辽去领人，宋辽觉得自己给自己掘了个大坑往下跳。他不明白为啥这些人一直告马胜利，按说农村干部，下台就什么事也没了，可他们一直告。宋辽问其他镇干部，人们都说结交在私仇上了。副书记打听了一下，这些告状的人都和马胜利有私人恩怨。如领头的那个小平头，以前因为赌博，被马胜利告了派出所拘留过，新城征地，他们全家人又被拘留过。宋辽觉得工作中的矛盾和私人的矛盾搅和在一起了，他打电话叫马飚。

马飚来了。宋辽掏出那张信用卡给他。马飚脸上一副惊讶的表情，说："你这是干吗？"他根本不承认那天的事情。宋辽心里佩服马飚办事的手段，他把卡收起来，琢磨是否也像影视作品里那样，把钱取出来捐给希望小学。

宋辽说："现在你们村的人天天告状，我几乎每天都接待他们了，啥事也干不成。"马飚说："我这些天去了趟日本，刚回来，也听说告状的事了，我去做做工作。""希望你有办法，但千万不能胡来。"

第二天一上午，马堡的人都没有来。宋辽不放心，总觉得不对劲，临近中午时让党委秘书给两办打电话问一下情况，得到的答复是哪边都没有去。宋辽想可能是马飚做了工作，但不知道他用了什么办法。没有上访的，清静了，可宋辽做啥事也不在心上，他还是不由自主地想那些上访的人，尤其是那个小平头，一来就义愤填膺，滔滔不绝说个不停，一副忧国忧民的样子。宋辽在仕途上也混了些日子，熬到阳关的书记很不容易，他在党员干部中也很少见到这样的人。宋辽想或许自己在马堡的班子问题上做错了，但让他再做一百次选择，似乎也只能这样。宋辽不禁想，世界上怎么有这么固执的人？

下午四点多，楼道里静悄悄的，宋辽想这件事情可能就这样过去了。似乎有些意外，但也能想通。下一步应该集中精力加大力气征新城的地，宋辽松了松身子，骨节啪啪地响。没想到门突然被撞开了。宋辽有些愠怒，谁这么没礼貌？没想到是小平头，他气喘吁吁像喝醉酒。

他一进屋子就指着宋辽大骂："宋辽你什么东西？我老子让马飚的人打了。你给我讲清楚，你为啥在马飚面前搬弄是非？"宋辽摸不着头脑，让骂得愣住了，一下子不明白发生了什么事。他说:"你坐下,有什么事慢慢说。"小平头不坐,伸手从茶几上拿起一个杯子举起来,被闻声而来的党委秘书夺下,几个副职都跑过来。小平头继续大骂:"宋辽你给我说清楚,我老子让马飚打了。"宋辽心里骂马飚不是个东西,怎么这样做事?他出口就说:"马飚打了你父亲你快去派出所报案呀!"旁边的几个副职也说:"是呀,你父亲挨了打,应该去派出所报案,找宋书记干啥?""我不找派出所,我就找宋辽,纯粹是他搬弄是非。""怎样搬弄是非?你父亲现在在哪里?""在楼下,快死了。""你快去医院呀。""不去,今天死也死在你这里。"说完,小平头跑出去。宋辽和满屋子的人都有些诧异。宋辽说:"他父亲可能让马飚打了,他找上门来。"人们都说,他这样做不对呀,他应该把父亲送医院,去派出所报案,找也应该是找马飚,不应该找镇里。议论着,小平头又来了,背着他父亲,一进来就放到门口的沙发上。宋辽看到老人身上有些土,其他地方没看出挨打的痕迹,放心了些。小平头说:"我们今天不走了,死也死在你这里。你给我个交代,你和马飚说啥了?""没说啥,我啥也没说。""今天早上我们接到马飚叔的电话,马飚叔什么时候给我们打过电话?他张口大骂,说你们和宋辽书记说我啥了,是不是想挨打。说完就挂了电话。我和父亲找他想问个清楚,一进门就被他的人揪住领口打,我父亲这么大岁数,被打倒在地上几次,爬起来又被他们打倒。"

小平头称呼马飚"叔",让乡镇的干部们不理解,马飚打了他的父亲,他还叫人家叔,这比他拿刀子捅了马飚还奇怪。

老人把儿子的话重复了一遍说:"人家马飚有钱,我们平时也不打交道,他说了那些话,我有些担心,怕惹上人家,就和儿子去了他家。我说马飚,你刚才说那些话是什么意思,我和宋辽书记说啥了,我用笔记下来,找他问问。马飚的人上来就打我。"

宋辽说:"我把马飚找来。"他掏出电话,想了想说:"马飚这驴脾气,来了说不对又折腾。你们先去医院检查一下,我给报案。"宋辽让党委秘书给派出所所长打电话报案。小平头一个劲地说刚才那些话,说:"我们和马飚叔往日无仇,近日无怨,我女儿还去人家马飚叔花园里采花,人家也不说个啥,纯粹是你宋辽挑拨是非。"宋辽不知道该和他们说什么好,"挑拨是非"这个词从小平头嘴里说出让他觉得不习惯,而且是挑拨小平头一家和马飚的关系。宋辽让秘书给他们倒了两杯水,等警察来。小平头喋喋不休:"我们让马飚叔杀了也心甘情愿，你为啥也挑拨是非？"小平头边说，边掏出电话给姐夫和妈打电话，告诉他们父亲让打了，让他们都到镇政府宋辽的办公室。还对镇政府的人说："我干哥的姑父在总政给领导当秘书，我让他回来摆平这事，不信社会就没有道理可讲了。"说完又拨通电话把刚才那些话对对方说。宋辽觉得这个人简直是个疯子，他让秘书再催催派出所。他觉得这个家伙不可理喻。

先来的是小平头的姐夫，一个又黑又矮很结实的中年人，一进来就问："咋回事？"小平头说："咱爸让人打了。"说完这句话，他好像不屑再解释什么，闭上眼睛养神。中年人也知趣地不再问，坐在小平头旁边，没有和老人说一句话。随后派出所的刘所长和两个警察来了。刘所长一见小平头，笑了，"又是你呀，跟我走吧，听说你爸爸让马飚打了。你跟我到派出所录个口供，把你爸爸送医院。""我哪也不去，我就在宋辽的办公室，他不给我个说法，我死也死在这里。""你们打架属于刑事纠纷，归我们管。宋书记办公室是办公的地方，你们这样闹不合适吧？快跟我走吧。"其他的乡镇副职也附和："派出所的来了，他们管这件事，下边也有车，我们和你一起把你爸弄上车。"刘所长对小平头的姐夫说："你是他什么人，你去扶老人。"刘所长和两个警察一起去拉小平头,小平头像死了似的,闭着眼睛,身体僵直,随着沙发出溜到地上,几个警察去拉他,他一动不动。摆弄了半天,刘所长泄气了,"你不走,咱们就在这儿录口供。你把事情的经过说一下。"小平头闭着眼一言不发。刘所长推他,他不动。刘所长说:"你就等于给我个面子,跟我们走吧。"小平头还是一动不动。宋辽没有想到警察来了他们也是这个样子。他出去,回头冲刘所长招了招手,刘所长出来。

宋辽问:"有什么办法把他们弄走吗?"刘所长说:"看样子他们不走了,这一家人特别爱死缠。以前打过几次交道。要弄走就得强制执行,这得您给我们下个命令,写在纸上,出了事我们负不起责。"宋辽一听又是写在纸上,和当初小平头的父亲去马飚家的说法一模一样。他说:"咱们喝杯茶。"

他把刘所长带到隔壁党委秘书的办公室。刘所长说:"这种事这几年太多了,好多老百姓告状待在领导办公室,甚至家里不走,我们也没有好办法,总不能把他们抓起来。再说他们这样做也没有犯多大的法,抓了还得放,一放又去了。"

宋辽不知道是哪方面出了问题,他觉得这不正常,可是这种事情已经越来越多，他也见过听过好多。老百姓不怕政府了，也不相信政府，但有了事情还只是找政府，不找执法机关。

过了一会儿，他们看见上来三个中年女人，一个老女人。刘所长说："一家人都来了，我再过去看看。"宋辽也过去。四个人一进来也不问老人怎样，就一起坐在了沙发上。老女人号啕着说："这世道让人怎样活啊，好好的就让人打了。我们不敢回家了，回去还不得让人家杀了，还是待在这儿安全。"她的几个女儿们也纷纷说："让人怎样能够活呢？"几个副职和他们解释这个事情，派出所的同志也劝说。紧闭着眼的小平头忽然说话了："你们啥也不用说了，和你们没有关系。"同志们还在做解释。小平头说："你们想说就说吧。"他又闭上眼睛，像入定的老僧。宋辽看见那个老女人像能领事的，把她叫出来，希望能够和她解释清楚。没想到老女人一出来，就捂着脸号啕大哭。宋辽没有看到从手指间流出的泪水，只是听到她的声音像唱花腔似的，不断拔高，随后她的几个闺女跑出来，围着妈纷纷询问怎么了？宋辽叹口气，他真没有想到世界上真的有这样一家人，他觉得没法和他们对话，他感到自己很无奈。

宋辽进了办公室，坐在办公桌前决定陪他们到底，看看这家人到底要怎样。他不走，这家人不走，副职们也都不能走，早过了下班时间，有人脸上露出焦急的神情。宋辽知道副职们辛苦，他们有的要回家做饭，有的还做小买卖，有的有应酬，因为这一家人，他们都不能回。谁都知道说啥也没用，人们不再说话，都呆呆地坐着。派出所的三个警察也陪他们坐着。宋辽觉得愤怒，他宁愿去坐牢，也不愿意这样坐着，这么多人耗一起，啥意义也没有。但他现在只能坐着。

窗外的风呼呼刮着，夜像一个黑色的巨人慢慢走过来，伸着舌头舔窗户上的玻璃，公路上不时有汽车驶过，轰隆隆响，偶尔响起一下紧急刹车的声音。屋内的男人们一根接一根抽烟，乡镇干部和警察们把自己的烟互相给对方，小平头、姐夫、老人三个人掏出烟互相抽，他们泾渭分明地分成两派，几个平时不抽烟的同志也抽了起来，屋子里很快变成蓝色的，没有人去打开窗户，人们都在憋着一股气。先是那个老女人，接着是三个女人，后来所有的人都咳嗽起来，像有人指挥似的。宋辽觉得一起咳嗽有些滑稽，但所有的人都被呛得憋不住。宋辽看见小平头姐夫的烟先抽完了，他有些得意，其他的副职也慢慢发现了，他们也有些得意，他们觉得自己已经打了一个小小的胜仗。他们从容地吸着烟，咝咝地发出声音，一个一个吐着烟圈。宋辽知道，在这场烟雾弥漫的战争中，那一家人注定是失败的，他们是在和政府作战，个人哪能斗过组织？他抽屉里、柜墩里有好多烟，好多好烟，整条整条的烟，是平时用来接待客人的，也有别人送他的。那三个人抽烟的速度也慢了，但烟这东西，你点着它就要过，不吸也会慢慢过完的。宋辽已经知道了结局，大家都知道了结局。小平头把最后一口烟吸完扔在地上的时候，宋辽心里轻松了，尽管这是早已预料到的事。他和他的副职们、警察们还在吸，他们有吸不完的烟，那三个男人尴尬了，没事情可做了。坐在一群抽烟的男人中间，你没烟抽，又谁都不说话，你能干啥呢？看他们手足无措的样子，宋辽想，快结束了，小平头刚才那么大的火气，好像也随着一缕缕香烟消失了。

终于，老女人忍不住了，她站起来说："你们想把人呛死？"打开门和窗户，冷气进来，一对流开，屋子里的烟跑出去了。宋辽说："你们回吧，耗下去没有意思。今天派出所的同志也来了，明天让他们继续调查。你们明天还可以再来，我还上班，我的办公室也跑不了。"老女人说："不，我们回去怕让人暗杀，我们就在这里。"老女人的回答让宋辽有些意外。他沉吟了一会儿说："好吧，住下吧，天凉了，你们最好回家拿点铺盖。"然后他对刘所长他们说：

"今天辛苦你们了,明天可能还要麻烦你们,你们先回吧。"又对自己的下属说:"咱们今天值班,都和家里打个招呼,不回了。你们现在先轮流去吃饭,我来值第一班。"老女人看着人们往外边走,脸上露出些惊惶的神色。她说:"你们这儿没有被子?给我老汉盖上,他挨了打别再着凉。"宋辽说:"我们的被子只够自己盖,你老汉挨了打应该去医院,不应该坐在这儿不回。"宋辽说这些话的时候,有种解恨的感觉。老女人那个年纪看起来最大的女儿说:"去医院我们哪有钱呀?"宋辽说:"你们可以先去检查,明天责任判定下来有人给你们出钱。""我们没钱,住院要钱。"宋辽掏出两百元说:"你们可以先去检查一下,自己先垫点钱。""我们都没有钱。"宋辽把钱装回口袋,坐下来,闭上眼睛。窗户没有人关,夜风强劲地吹进来,宋辽觉得自己现在这个样子和小平头刚才的样子一模一样。老女人指挥女婿回家去拿被子和饭,又让另一个女儿回去,说两个上学的孩子没有吃饭,晚上独自也不敢睡。宋辽觉得辛酸,可怎样也同情不起他们来。

乡镇的干部们陆续吃完饭回来,替宋辽。宋辽说:"一人两小时,到明天上班时间。"司机要陪宋辽去吃饭,宋辽说:"我不饿,到外面走走。"

夜真的是凉了，风像凉飕飕的蛇，满天的星星像河滩里大把大把的石子。宋辽不知道自己为什么会变成这样。他的爷爷、父亲、母亲、亲戚，家里能记得起来的长辈都是农民，他们总是为紧巴巴的日子发愁，钱这个东西他们好像从来没有多过。但他们豁达开朗，他们为玉米一亩多收一百斤高兴，为一天多挣十元钱兴奋，每天有活儿干对他们是福气，他们把鸡蛋和上白面摊饼子吃，每家每年腌一大缸咸菜，吃个包子饺子忘不了给亲友们送去几个，谁家杀了猪，每家都会分到些肉，一家有困难，大家都来帮忙，他们酣畅淋漓的大汗和沾满泥巴的裤腿使日子显得那么真实。宋辽从他们中间蹦出，当了阳关的书记，他还把自己当农民一样，从来不修边幅，吃饭喜欢盘腿坐炕上，稀饭咸菜、辣椒馒头，啥时候吃啥时候香，农民们找他来办事，他从来热情接待，能办理的一定办理。可现在，他对这一家人这么反感，而且他发觉自己给农民当官了，却越来越不懂农民了。他对这一切感到难受，感到不解。

有人在旁边轻轻咳嗽一声，宋辽一看，是副书记。宋辽才知道自己在外面时间不短了。回了办公室，他的椅子上坐着一个副职，见他进来，那个副职忙站起来。宋辽招呼他坐下。看到后面鲜红的党旗，宋辽的鼻子有些发囊。小平头一家卷着花花绿绿的被子,有的坐着,有的躺着,每人盘踞着一截沙发。窗户不知道什么时候关上的,屋内的空气有些闷,灯光亮得刺眼。宋辽觉得这不是真的,这个时候,大家都应该在各自的家里,和丈夫、妻子、老人、儿女们在一起做着香甜的美梦,不是一家人怎么可以睡一起呀?

宋辽说:"你们今天拿定主意不回了?"

没有人回答他。宋辽拉上门出来,感觉自己好像被驱逐出来一样。

副书记说:"宋书记你回吧,你的办公室让他们占了,连个睡的地方也没有了。再说,你明天还得开会。""开会?""是啊,下午县政府办通知的,明天上午八点半在县政府三楼会议室开全县新城征地协调会,让你和马堡的书记参加,我已通知马步了。"宋辽对开会一点印象也没有了,他不知道为什么总是开会!开会!

宋辽回家的时候,小区的大门已经关了。宋辽不想麻烦看门的人,他从大门的铁栅栏上翻过。宋辽想起自己小时候上学,每天总想第一个去学校,家里没有表,他醒来便看月亮,等鸡的叫声,有时候去得早了,学校大门没有开,他也爬铁栅栏,越爬越高,好几次他觉得自己似乎能够着月亮了。

半夜的时候,副书记给他打来电话,说:"小平头他们一家走了,他们实在熬不行了。"宋辽觉得心头悬的一块石头落下了,他问:"什么时候走的?""两点,他们说明天再来。"副书记的声音里透着分得意。宋辽竟有些反感,他淡淡地说:"知道了。"挂断电话。

那晚他睡得好沉好沉,好像多少年没有睡觉似的。

第二天开会的时候,宋辽的脸色很不好看。马步早早来了,看见宋辽过来,坐在他身边。宋辽说:"昨天马飚是怎么回事,怎么能打人?"马步说:"那家人谁都讨厌。马飚只是教训了他们一下,早上就派人领他们去医院检查了,没事的。"县长开始讲话了,他说新城建设迫在眉睫,咱们进展速度缓慢,三年了连地都没有征下来,照这样猴年马月能建起新城?这关系到咱们的执政能力,关系到政府的威信。各级各部门……接下来县长让征地领导组的各个成员表态,轮到宋辽时,他说一定尽力。宋辽看到县长明显皱了皱眉头。接下来马步表态。马步说:"我们今年一定完成政府交给的任务。"县长听了他的话拍起手来,说:"假如大家都像这个同志,咱们的地早已征完,新城可能已经建起。大家都要向他学习。"县长问他是谁,他说:"马堡村支部书记马步。"开完会宋辽责怪马步乱夸海口,说:"你今年保证能完成吗？"马步说："只要我们配齐班子，一定没有问题。"宋辽问："你觉得谁当村委主任合适呢？""马飚。他正直，眼里揉不得沙子，能主持公道。他有钱，不会占集体的便宜。他社会关系广，可以给村里争来项目款和各种利益。"

宋辽听了马步的三个理由，心里说，马飚，这个马飚！

第二天，第三天，接下来的好多天，马堡的人没有来告状。宋辽不放心那个挨了打的老人，找人打听，说是检查过了，一点事也没有。宋辽知道是马飚做了工作了，他给小平头一家做，他给所有告状的人做，他的工作做得很见效，比政府部门都厉害。好多村干部都传言马飚找告状的一一谈话。马飚谈了话谁敢不听？马堡现在成了一个安定的好村子。宋辽觉得心里空荡荡的，没有了那些告状的人，镇里一下安静许多，没有人叫他缩头乌龟，没有人说他挑拨是非，没有人让他交代问题了。镇里其他的人见了他都恭恭敬敬喊一声宋书记，就走开了。他不叫别人，别的人绝不主动进他的办公室。冬日的阳光暖洋洋地从大玻璃照进来，呼啸的风只能无奈地在外面跑来跑去，屋里的热带植物绿油油的，几只苍蝇活了过来。各种检查一下多起来，农建、计生、移民、纪检、新农村建设……每天迎来送往，不住地往下面的村子跑，不住地汇报，不住地喝酒，生活变得如此一致，如此规律，每天见的都是穿得整整齐齐的村干部，开着小车的村干部，季节好像凝滞了，冬天永远不会来临。

征地领导组的县领导也经常下来，和宋辽研究怎样征地，说是今年冬天一定要加大力度，完成这项工作。

宋辽说："是。"

他知道地征不下来，县领导让他来阳关就没有意义，而且确实需要一个新城，旧城太满了，到处是窒息的人群和拥挤的车辆。可是前任没有解决的问题，现在还不好解决，刚开始一亩地三万元，老百姓觉得是笔大数字，过了三年，尽管一亩地三万七了，但连傻子都知道土地值钱了，老百姓手中唯一拥有的值钱的东西也就是这些地，物价涨得飞快，拿那些钱又不马上投资，谁知道过上若干年能买到些什么东西，能坚持到供子女上学、自己养老吗？

宋辽常常睡不着，时代飞速前进，他们的城市建设已经欠下账了，他还能再拖后腿吗？新城是一定要建起来的，但迟建和早建毕竟不一样。宋辽仰望星空，星星灿烂而宁静，宋辽觉得自己渺小极了，像附在星星上的一粒尘埃。

马步每天来汇报情况，征地速度进展缓慢。宋辽墙上挂着一幅地图，上面布满黑点，每一个都是需要征的地和拆迁的建筑，他刚来时觉得自己会像一位将军一样，指挥着自己的军队所向披靡，红色箭头指向黑点，一个个阵地被拿下。可是现在还是黑点占了大部分地方，极少的红点像微弱的火苗，大批黑点沙漠一样，他想起上学时学过一篇叫《向沙漠进军》的文章，怎样像沙漠进军呢？

道理已经讲过千万遍，而且似乎谁都能明白，可老百姓就是不买账。他们住的地方由农村变成城市。他们种的地本来是国家的，现在政府需要，国家把他们种地一百年的收入一次性付清。他们可以用这些钱投资做好多事情，平均下来，马堡的每一个农民手中的钱比上二十年、三十年班挣的钱都多。就连他们住的房子，一旦新城建成，就会马上增值几倍。但是他们想要更多的钱，比现在多几倍的钱。

现在马堡的百姓已经因为征地去省城上访。省里不给明确答复，只是让县里来领人，县里又让镇里去领人，上访半天事情最终还得在源头解决。宋辽觉得有些事情经济学家也讲不明白，他们只会讲道理；有些事情道理起不了作用，道理和现实像冰和水一样，看起来清清楚楚，可谁能分清。

马步说："地要想征完，必须马飚当村委主任。"宋辽也看清楚了，在道理讲不清楚的地方不需要道理。他问："马飚愿意当吗？"马步说："这要做工作。他钱已经足够多了，这是为百姓做好事，为政府做工作，工作应该能做通。"宋辽说："工作你去做，能做通咱们开始选举。"

选举的日子定下来了，宋辽觉得一切好像转了个大圈，两年前"一肩挑"，马胜利和马刀闹下矛盾，两个人都背上了处分，现在呢，又要选村委主任。他和马飑走的根本是两条路，现在竟要一起工作。这可能就是马克思说的历史是螺旋式前进的吧。

选举那天，宋辽没有去，他去一个很远的地方参加大学时一位老师的葬礼。他觉得老师教给他的知识有些不够用了，但老师已经永远地离开他了。

选举过后，马堡轰轰烈烈的征地工作开始了。政府先是把征地补偿款一百万一百万打过来存进马堡的账户，后来变成三百万、五百万。马堡的老百姓从来没有过这么多钱，他们种地可能一辈子也攒不下这么多钱。有些人把钱入进马飑的铁矿。有些人买了出租车，都是那种绿色的青蛙一样的QQ车。他们从三轮车、手扶拖拉机、东方红耕机的驾驶员和摩托车骑手变成了出租车司机，县里为了安抚这些人，默许他们暂时可以无证上路。有些人跟着有学问的亲戚们买股票，买基金。还有些把钱存起来，挣银行的利息，今年已经七次调息了。马堡村的村民经济收入发生了根本性的变化，新城建成后，他们还可以开饭店、商店……他们手中真的有了钱。

现在宋辽经常去马堡视察工作，自己去，也陪着领导们去。马飚现在见了宋辽，在人多的时候总是叫他宋书记，人少的时候叫他宋辽。宋辽无论在什么场合都叫他马主任。宋辽觉得他们的关系不管怎样也是油和水的关系。

宋辽知道，过上一年，大片的沥青、水泥就会爬上这些土地，一幢幢高楼会代替以前的玉米、高粱拔地而起。以前这个养满马匹的驿站，再也看不到马了。

其实很久以前，马堡已经没有马了。

写实仍然是通达真相的重要路径
——杨遥与他的《村逝》

胡传吉

既能写城,也能写乡,杨遥的写作路子很广。《村逝》集所收的小说,皆以农村为写作对象。《匠人》《养鹰的塌鼻子》《弟弟带刀进门》《山中客栈》《巨大童年》《村逝》,写农村不同而又互有关联的人事——手艺人、外乡人、农民、村干部、暴发户等,看法理性,手法多变,布局及看法皆不落俗套,格局大方,气势不凡。

农村是容易讨好的题材,但也是很不容易写好的题材。要克服这种悖论,突出地域特点是一个重要办法。《村逝》集里所写出来的北方农村,就与东南、中南、西南的农村不一样,这是极其难得、诚恳而实在的写法。杨遥笔下的地域特征，有时候是通过落到实处的物质来体现的，有时候是透过乡约民俗、人际关系、伦理反应、身体语言而体现的。《匠人》就是很突出的例子，作者不仅能把农村落实到物质，也能落实到具体的秩序，人的复杂性就随之带出来了。《匠人》里提及镇上的许多匠人，如泥匠、木匠、纸火匠等，其中，木匠王明是被重点书写的匠人。小说写到一个细节："春天王明给我家割家具时，那几根榆木已经在屋檐下堆了好几年。父亲说，这些木头干透了。王明说，是是是。父亲问，割一张床、一排靠墙的书柜、一个大门，够吗？"单看作者写榆木，就知道作者对物质的脾性很了解，在写作取舍层面也有魄力，"堆了好几年"，"这些木头干透了"，两句话，一下子就把物质的特征写出来了，这要比写木头什么形状什么颜色值多少钱高明多了，识货的人，马上就会知道，这木头扎实，经得起季节的"考验"。榆木，尤其是北方老榆木的扎实粗厚，足以让"精致"失色，尤其能让庸俗的精致失色。这个细节，质地相当好，一般的作者写不出来。《匠人》里的王明，作者写得也很有特色，作者甚至不怎么写内心活动，就写身体语言："他脾气很好，不爱主动说话，谁与他搭话，都喜欢用是是或者对对对来回答。他这种好脾气人们很喜欢，他的手艺也比镇上其他木匠确实好些。"榆木——再联想"榆木疙瘩"的说法,由物及人,王明的"是是是""对对对",如以"榆木疙瘩"喻之,再恰当不过。有意思的是,小说以木头疙瘩收尾,王明的发财之路历经波折之后,做回与木头有关的行当(根雕)。"我想起他家门口的那只麻梨疙瘩做的老虎,问父亲,他家大门洞里的那只老虎还在吗?父亲皱起眉头,想了想说,那个木头疙瘩啊,磨得真亮。"作者在这里留下了一个悬念,发财的可能性还在,但同时,人性与物性之相通也在这个悬念里面得到了体现。榆木疙瘩、木头疙瘩这些硬朗粗粝的物象,象征着人身上不被发财梦彻底摧毁的品质。人身上那些坚固的东西,像疙瘩一样不易改变,也像榆木的木纹一般,淡定大方,经得起时光的打磨。木头能够做屋梁、做门,承得了重,当得起家,出得了远门,看起来典雅,用起来扎实。木性要被识别之后,才能跟人亲近。在《匠人》这里,作者是以木头连接人性、物性、地域性,从而识别农村社会的自在与自性的。有些作家笔下的乡镇,没有地域特征,符号化得厉害。但有些作家就非常善于书写农村的地域性,或者说,非常善于在地域性中显示其写作天分及实力。两种趣味,各有长处,也各有短处,前者容易过虚,后者容易过实。但即使过实的写作,读者也能从中看到许多活泼泼的经验,许多无法被观念性的东西所替代的鲜活经验。即使你不了解这个写作者，你大致也能知道，这些人是种过地、出过汗、饿过肚子的——无论是依时而作还是违时而作，在农村，都有可能饿肚子，都可能陷入困顿。即使是地主家，也可能真的没有余粮。靠天吃饭，生活是否宽裕，在很大程度上受赋役的影响。吃了没？吃饱了吗？——这些追问，深刻而持久地塑造着我们的国民性。饿肚子的经验，会让这个族群的人极度迷恋世俗生活，极度贪恋现世安好，这是本土文明的重要特点。这个重点恰好决定了农村经验的复杂性，无论朝代如何变迁，农村经验不可能完全等同于苦难。农村经验里，不仅有饿肚子的苦乐，也一定会有饱肚皮的安好，这是本土文明对人性与物性的预设。时下主流的乡土文学以及更早的某些革命文学，可能把农村的情况简单化了，尤其是把古代社会的农村情况简单化了。依杨开道所著《中国乡约制度》（商务印书馆2015年版）所论，农村并不一直是稳定的状态，朝代更替、制度变化，对农村的生活及组织都有重大的影响。春秋以前的农村制度，要坐到实处，已经不大容易了。"井田制度在战国渐次毁灭以后，人民的居处不像从前的固定，人民的数目不像从前的清楚，所以五五进位的农村组织，便不容易实行"（第8页），"自从东晋南渡以后，农村组织大受摧毁,北方的人民固然是流离失所,南方的农村也主客错杂,组织不易"(第10页),"玄宗天宝以后,连年征战,赋役问题日趋严重,居乡的困于赋,外出的困于役。一直到南北两宋,赋役问题更闹得天昏地黑,没有法子解决。农村社会里面,没有旁的事件,也没旁的问题——穷民一天到晚应付租赋,富民一天到晚应付催役"(第15页)。当代写作之过度苦难化或浪漫化农村,本质上是一种现代哀怨,在这种现代哀怨情绪下,现代是变形的,是有罪的,相对而言,古代是被理想化了。这种哀怨的毛病是能看到穷的为难,看不到富的尴尬。这一点也是"当代"跟"现代"的思想差异所在。于中国意义上的"现代"而言,古代被妖魔化了,于中国意义上的"当代"而言,古代被理想化了。是以今天主流的乡土文学,跟鲁迅式的乡土文学,有本质上的区别。这种思想的变迁,恰好也能看出中国"现代"与"当代"之间的微妙转折,由此也可看出"现代"的歧途。不少的写作者,写农村时,很取巧地把农村简化为苦难及故乡,在修辞及抒情方面大做文章。这种主打情感牌的农村文学可能"好看",但读起来始觉不踏实,虚。不少作者很聪明,但聪明得过了头,差一点笨与拙。聪明劲儿,写都市题材可能还能蒙人,但农村恰好需要笨力气,需要有种庄稼的力量,经得起暴晒,也耐得住时间的慢,来不得半点取巧。没有笨的功夫,"挖"不出中国的乡约、乡仪,看不到中国之乡治的复杂性,相应地,也难写出农村人的复杂性。今日的文学,在面对农村题材的时候,不缺抒情手法,不缺现代手法,最最缺乏的,恰是写实的眼力。这种写实的眼力,往往能识别农村经验的复杂性。

杨遥在面对农村题材时,弃巧而取实,这种眼力,值得称道。写实的功力,让杨遥能见人所不能见。《村逝》集里的有些篇目,可以说,就是结结实实地"长"在地里,"活"在乡里。作者肯使出翻土的力气,也有施肥养土的耐性与智慧,非常难得。我不了解杨遥先生的具体生活经历,但我相信,他是以写作的方式真正回到了村子里,而且是回到变化中的村子里。他所回到的村子,有破败,但也有时代无法摧毁的地方,看到前者容易,写出后者是最难的。杨遥之"实",实在什么地方?

这个"实",最突出的地方在于写人。《村逝》集里所写的人,很多是亦农亦工亦商之人。农村有农忙,亦有农闲,农村人只有一种手艺的话,可能很难打发农闲的日子。不少农村人,不仅是庄稼人,而且还是手艺人,甚至是小生意人。农耕社会的分工,不同于工业社会的分工。工业社会的分工，是试图只让大部分人只会一点点——可以不断重复的那一点点。传统社会通过等级制度让人安于其命，现代社会通过专业、行业、物质等因素让人安于其命。从衣食住行的角度来看，农耕社会本质上是自足式的社会，这就要求农村人不能只是会干农活，还要解决一切与衣食住行有关的问题，大到生老病死，小到嫁接果树、抓蛇宰猪，事事都需要"自足"。基于社会"自足"的要求，农村人几乎是什么都会的。把农村人统称为农民，这是户籍制度变化之后对身份的简化，但实际上，农民这一身份，并不能完全涵盖农村人的全部。以中国传统乡治为例，农即使不是士、工、商，也有可能是兵，或者说，是兵农合一的，如杨开道《中国乡约制度》提及《周礼》所记载的卒伍制度，"也是农村组织的一部分：因为那个时代兵农不分，农民就是兵士，兵士就是农民"（第6页）。农村人，并不能完全等同"现代"所命名的农民。杨遥笔下的农村人，大于狭义的农民。他笔下的农村人，更接近农村之"实"。这个"实"，既包括传统农耕社会之"实"，也接近现代农村变迁之"实"。

《匠人》里的王明和"我"父亲，都是亦农亦工亦商。《养鹰的塌鼻子》写的也是有手艺的庄稼人。塌鼻子祖上是驯鹰的，"康熙年间他爷爷的爷爷驯的鹰还曾被当地县官献给皇上",鹰成为国家保护动物之后,这祖传的手艺就失去了用武之地,但"手艺"已经成为塌鼻子的生命象征,会不会一门手艺这个问题,跟活下去以及怎么活下去的问题一样重要。驯鹰无用武之地,那就学别的手艺,经不起塌鼻子的苦苦哀求,"我"父亲终于答应教塌鼻子插纸货——一般人眼中不吉利的手艺。小说最后的结局可想而知,学会了这门手艺的塌鼻子的余生,将以插纸货为生——既为生存也为生命。《养鹰的塌鼻子》写出了农村的变化,同时探讨了在时代剧变中人能不能不变的问题。换言之,作者在小心谨慎地追问,人要使出多大的力气,才能保住自己不想改变的那一部分。这些追问,无论是放到人身上,还是放到人背后的农村里,都是有意义的。《弟弟带刀出门》则是一篇比较奇特的小说,作者以天真气隐喻绝望心,在谋篇布局方面花的心思不少。所谓门路,门和路是有关系的,"出门"大概可以解读为"出路"。后面的追问是,农村人的出路在哪里?一般的写作者,会突出外出打工者的那个没有出路的"出路",而看不到,那些不出门打工,仍然在乡镇谋生的本土农村人的"出路",这个"出路"上的发财梦,可能要比出门打工者的发财梦汹涌得多。准确而言,出门打工的人,谋的是工资,立足本土的人,想的是发财,两者有区别。"留守"与"返乡"只是农村的部分真相,席卷整个社会的发财梦,并没有放过农村。《弟弟带刀出门》所写的正是那些在本土追求发财梦的农村人:他们的发财手段无所不用其极,求神拜佛,"保佑"黄赌毒的"生意"。信佛的那个人,天真地希望,也天真地绝望。实际上,在汹涌的发财梦面前,无论是希望还是绝望,都是没有意义的。这个小说,写的最实的地方,就在弟弟的"天真",更要命的是,这个"天真",并不是无辜,"天真"是有罪者,也是受难者。这个实,极有分量。《山中客栈》与《弟弟带刀出门》有异曲同工之处,但从布局及意味来讲,还是稍逊一筹。《巨大童年》写了另一种农村人,可能也是更普遍的农村人。这些人家,承受灾病的能力低,一个家人的重疾,足以摧毁一个家庭,一场婚礼,也足以让一家人负债累累。未亡人如何从中站起来?欠下一屁股债之后如何继续生活?面对这种常见且普遍的事情,不少的写作者会直奔苦难而去,会强调哭天抢地的场景。这种写作选择当然无可厚非,苦难道之不尽,诉苦也是自然而然的现代情怀之一。但是,人在苦难中的不同反应,可能才是最值得探究的。有的人从苦难中得到仇恨,有的人从苦难中学会逆来顺受,有的人视苦难为生命中不可或缺的一部分。《巨大童年》抓住的是另外的事实:人突遇天灾人祸造成的苦难时，不可避免地会欠债，这个债，有可能是钱债，也可能是人情债，前者有可能还得清，后者一辈子都还不清，只要欠了，就还不清。《巨大童年》里的"父亲"，用非常笨的方式还清妻子重病所欠下的巨额债务，"父亲"捡破烂、捡粪（肥田），帮人杀狗，能换钱的方式，"父亲"都尝试过。花了十年的时间，"父亲"把钱债还清，至于人情债，明知道还不清，但一直坚持还。作者让"父亲"把钱还清了，从这个地方看，作者对苦难中的生命是留有余地的。人情债还不清，这是必然，但也不排除很多时候，钱债也无法还清。两者都足以摧毁人的尊严和价值，而后者，来得更为直接和残忍。写实写到深处，大概总会残留一点不忍之心，这是《巨大童年》的情怀所在。《村逝》写了村干部与村民之间的关系，作者没有把村干部写得多坏，也没有把村民写得多好，作者透过人际关系、工作关系来看农村的状况，这是相当实在的写法。从具体关系中看农村，农村就成为可理解的农村，而不是仅供抒情的农村。这些写法可能不那么新潮，但它更能靠近那个"可理解"的农村。

　　杨遥笔下的"实"，当然不限于人，随着人而展开的事与物，都"实"，经得起细节和逻辑的推敲。写实之功力，助其看到中国某些具体经验之实。在写实的基础上,杨遥还充分展示了自己写故事的激情与才情,如《弟弟带刀出门》就是突出的例子:多重叙事、对照手法、悬念设计、情怀抒发,元素众多,经得起阅读,基本功足以支持写作的远景。如果一定要挑刺,那是不是可以这样说:小说确实写得实,但实与实之间还缺少一些顺畅的衔接,这个衔接就好比木头家具里的榫卯,木头实则实已,但如果做榫头和卯眼的功力不够,木头家具就会不舒服不自在,半夜会发出响声——会发出有心人才能听见的闹声。是以,有些地方,作者不得不靠观念来续接故事,《山中客栈》就有这样的问题。这些看法,纯属挑刺。《村逝》这个集子有遗憾,但作者写出了"可理解"的农村,这一点,很独特,也很了不起。

由《村逝》集可见,写实的手法与眼力,于书写当下中国经验而言,仍然有巨大的开拓意义。

杨遥作品发表目录

(截至2017年)

《病孩》·短篇	《五台山》2001年第4期
《奔月》·短篇	《五台山》2001年第6期
《北京的阳光穿透我的心》·短篇	《山西文学》2001年第12期
《梅花与鞋》·短篇	《山西文学》2002年第2期
《坐在北方的春天看海》·短篇	《山西文学》2004年第1期
《玻璃》·短篇	《黄河》2002年第3期
《挽歌》·短篇	《黄河》2003年第4期
《苍茫的关隘》·短篇	《佛山文艺》2003年3月下
《圣手》·短篇	《佛山文艺》2004年8月下

《偷鱼者》·短篇

《芙蓉》2004年第12期"70年后短篇小说年度展"

《豆腐山》·短篇	《黄河》2005年第1期
《二弟的碉堡》·短篇	《黄河》2005年第1期

入选《小说选刊》2005年第5期

入选李敬泽主编《21世纪中国新文学大系：2005年短篇小说》

入选《华语新势力青年作家十年选》

入选漓江出版社《小说选刊：一本杂志和一个时代的叙事》十年精选

获《黄河》杂志2005年"雁门杯"优秀小说奖

《同里》·短篇	《黄河》2005年第1期
《一只长不大的羊》·短篇	《黄河》2005年第2期
《姚三》·短篇	《黄河》2005年第2期
《马崽》·短篇	《黄河》2005年第2期
《铅色云城》·短篇	《佛山文艺》2005年11月上
《我们为什么不会飞》·短篇	《佛山文艺》2005年11月下
《那一年,我跑得好快》·短篇	《佛山文艺》2005年12月上

2005年获《山西文学》优秀作家奖

《和新疆人交朋友》·短篇	《黄河》2006年第1期
《跳棋》·短篇	《黄河》2006年第2期
《在A城我能做什么》·短篇	《黄河》2006年第2期
《富贵》·短篇	《黄河》2006年第2期
《草麦黄》·短篇	《黄河》2006年第3期
《太阳悬浮》·短篇	《黄河》2006年第3期
《女孩苗苗去上学》·短篇	《黄河》2006年第3期
《坐充气跳床回家》·短篇	《佛山文艺》2006年8月上
《当我的诅咒应验的时候》·短篇	《黄河》2006年第4期
《和冬天一样冷的日子那么多》·短篇	《黄河》2006年第4期
《烤烟房》·短篇	《黄河》2006年第4期
《闪亮的铁轨》·短篇	《人民文学》2007年第3期
《谯楼下》·短篇	《黄河文学》2007年第3期
《寒流》·短篇	《红豆》2007年第1期
《一个小公务员的梦》·短篇	《山西文学》2007年第1期
《战争游戏和鳖》·短篇	《佛山文艺》2007年5月上
《公园里的故事》·短篇	《黄河》2007年第3期

《结伴寻找幸福》·短篇	《黄河》2007年第5期
《王白的长城》·短篇	《黄河》2007年第5期
《我们迅速老去》·短篇	《大家》2008年第5期
《在旅途》·短篇	《大家》2008年第5期
《在六里铺》·短篇	《文学界》2008年第8期
《公路上两个可怜的人》·短篇	《都市小说》2008年8、9期合刊
《几幅素描和道听途说的故事》·短篇	《黄河》2008年第5期
《江湖谣》·短篇	《山西文学》2008年第10期
《广场上的狐狸精》·短篇	《山西文学》2008年第10期
《你到底在巴黎呆过没有》·短篇	《大家》2009年第5期
《硬起来的刀子》·短篇	《十月》2009年第4期

    2011年获第九届《十月》优秀短篇小说奖

《逃跑的父亲》·短篇	《鹿鸣》2009年第5期
《唐强的仇人》·短篇	《当代》2010年第1期
《风从南方来》·短篇	《西湖》2010年第2期
《今天请你吃大碗面》·短篇	《西湖》2010年第2期
《小孟小孟，干什么》·短篇	《西湖》2010年第2期
《奔跑在世界之外》·短篇	《天涯》2010年第2期

    入选贺绍俊主编《21世纪中国文学大系：2010年短篇小说》

《留下卡卡，他走了》·短篇	《大家》2010年第3期
《原锋利》·短篇	《大家》2010年第3期
《子弹，子弹壳》·短篇	《黄河》2010年第3期
《村逝》·中篇	《鹿鸣》2010年第4期

    入选湖南文艺出版社《新写实小说选》

《同学王胜利》·短篇	《长城》2010年第4期

《跳舞的人是你》·短篇　　　　　　　　　　《长城》2010年第4期
《桃花灼灼》·中篇　　　　　　　　　　　　《五台山》2010年第6期
《脱了鞋，我和你一起干》·短篇　　　　　　《都市》2010年第7期
《一醉方休》·短篇　　　　　　　　　　　　《都市》2010年第8期
《耻辱书》·短篇　　　　　　　　　　　　　《山西文学》2010年第8期
《为什么骆驼的眼神如此疲惫》·短篇　　　　《大家》2010年第6期

2010年获2007—2009年度赵树理文学奖新人奖

《二弟的碉堡》·短篇小说集
　　　　入选《21世纪文学之星：2009年卷》（作家出版社2010年版）
《大街上的人来来往往》·短篇　　　　　　《红豆》2011年第1期
《为什么不把她做成琥珀》·中篇　　　　　《芙蓉》2011年第2期
《请你讲讲我爷爷的故事》·短篇　　　　　《山西文学》2011年第8期
《雁门关》·短篇　　　　　　　　　　　　《上海文学》2011年第9期
　　　　2013年获第十届《上海文学》优秀短篇小说奖
《膝盖上的硬币》·短篇　　　　　　　　　《十月》2011年第5期
　　　　　　　　　　　　　　　　　　　《名作欣赏》2012年第4期
《白袜子》·短篇　　　　　　　　　　　　《野草》2011年第5期
　　　　　　　　　　　　入选《小说选刊》2011年第11期
《恶水》·短篇　　　　　　　　　　　　　《大地文学》2011年卷五
《裁缝铺的小子们》·短篇　　　　　　　　《边疆文学》2011年第10期
《下龙湾女孩》·短篇　　　　　　　　　　《作品》2011年第11期
《张晓薇，我爱你》·中篇　　　　　　　　《山西文学》2011年第11期
《谁和我一起吃榴莲》·短篇　　　　　　　《山东文学》2011年第12期
《都是送给他们的鱼》·短篇　　　　　　　《文学界》2012年第2期
　　　　　　　　　　　　《中华文学选刊》2012年第5期转载

《猴儿子》·短篇	《作品》2012年第4期
《表哥和一次青岛游》·短篇	《大家》2012年第3期
《野三坡》·短篇	《大家》2012年第3期
《大雁塔》·短篇	《大家》2012年第3期
《柔软的佛光》·短篇	《上海文学》2012年第7期
《白马记》·短篇	《山西文学》2012年第9期
	《好小说·长江文艺选刊》2012年第2期转载
《在圆明园做渔夫》·短篇	《长江文艺》2013年第1期
《从滹沱河畔出发》·短篇	《长城》2013年第2期
《孤岛》·短篇	《创作与批评》2013年第6期
《保险》·短篇	《文学港》2013年第7期
《刺青蝴蝶》·短篇	《山西文学》2013年第8期
《给飞机涂上颜色》·短篇	《福建文学》2013年第9期
《双塔寺里的白孔雀》·短篇	《上海文学》2013年第10期
《唐僧是我们的证婚人》·短篇	《都市》2013年第10期
《力拔山兮》·中篇	《黄河》2014年第1期
《冬天乘雪橇远去》·短篇	《鹿鸣》2014年第1期
《树上的宫殿》·短篇	《大家》2014年第2期
《过马路是一件危险的事情》·短篇	《福建文学》2014年第7期
	《小说选刊》2014年第8期转载
《水到底有多深》·短篇	《光明日报》2014年9月26日
《使劲拉一把》·短篇	《山西文学》2014年第9期
《把穷人统统打昏》·短篇	《南方文学》2014年第9期
《硬起来的刀子》·短篇小说集	三晋出版社2014年出版
《我们迅速老去》·短篇小说集	北岳文艺出版社2014年出版

《养鹰的塌鼻子》·短篇	《文学港》2015年第1期
《放生》·短篇	《长江文艺》2015年第2期
《山中客栈》·短篇	《青年文学》2015年第2期
《单人床》·短篇	《福建文学》2015年第5期
《铁砧子》·短篇	《野草》2015年第3期

《小说选刊》2015年第6期转载

入选《2015年中国年度短篇小说》(《小说选刊》主编)

入选贺绍俊主编《2015年度短篇小说选》

《孀居女人和她的病儿子》·短篇	《大地文学》2015年27卷
《弟弟带刀出门》·短篇	《十月》2015年第4期
《鹰在天上》·中篇	《芙蓉》2015年第4期

《小说选刊》2015年第8期"佳作搜索"栏目推荐

《中华文学选刊》2015年第9期"佳作点评"栏目点评

《中篇小说选刊》2016年增刊第1期

《黑色伞》·短篇	《上海文学》2015年第8期
《一辈子》·短篇	《山西文学》2015年第12期
《夏天,冬天和金鱼》·短篇	《作品》2016年第1期
《开馆日》·短篇	《青年文学》2016年第1期
《寻找与遗失》·随笔	《文艺报》2016年1月8日
《正步往前走——读赵雁长篇小说〈第四级火箭〉》·评论	
	《文艺报》2016年1月27日
《爽着痛,痛着爽——读李爽的〈爽〉》·评论	《飞天》2016年第1期
《抬着担架的父亲》·短篇	《解放军文艺》2016年第5期
《在沦陷中探索》·评论	《福建文学》2016年第5期
《巨鲸歌唱 中士沉默——读王凯的长篇小说〈瀚海〉》·评论	

	《空军文艺》2016年第1期
	《军营文化天地》2016年第5期
《黑的尽头》·短篇	《野草》2016年第4期
《流年》·中篇	《收获》2016年第5期
	《长江文艺·好小说选刊》2016年第12期转载
	《北京文学·中篇小说选刊》2017年第1期转载
	《新华文摘·网刊》2017年第5期转载
	《小说选刊》2017年第7期转载
《黑蚂蚁》·短篇	《星火》2016年第5期
《蜣螂·西西弗》·随笔	《文艺报》2016年9月23日
《匠人》·短篇	《上海文学》2016年第10期
	《新华文摘》2017年第7期转载
《活在电影里的人》·短篇	
	入选《民治·新城市文学精选集6》（花城出版社2016年版）
《扒开灰烬，下有余火》·评论	《山西文学》2017年第1期
《大风雪》·短篇	《人民文学》2017年第2期
《被刻上红字的人》·短篇	《福建文学》2017年第2期
《巨大童年》·中篇	《芙蓉》2017年第1期
《树上长的还是树》·对话	《青年文学》2017年第3期
《史与事结合的飞翔》·评论	《都市》2017年第3期
《和他们一样笑》·短篇	《芳草》2017年第2期
《遍地太阳》·中篇	《黄河》2017年第2期
	《长江文艺·好小说选刊》2017年第7期转载
《每个人都是一颗星球》·创作谈	《黄河》2017年第2期
《送"风"的人》·中篇	《芒种》2017年第3期

《第四座岛屿》·短篇　　　　　　　《光明日报》2017年4月28日
《萨达姆被抓住了吗》·短篇　　　　《作品》2017年第5期
《入海口》·中篇　　　　　　　　　《野草》2017年第3期
《关于天安门的一次田野调查》·短篇

　　　　　　　　　　　　　　　　《创作与评论》2017年第10期
《补天余》·短篇　　　　　　　　　《上海文学》2017年第11期